INK

文學叢書

227

名士風流

蔡登山◎著

目次

名士風流（題記）

唯大英雄能本色，是眞名士自風流。

〈摸魚兒〉／元好問

問世間，情是何物？直教人生死相許。
天南地北雙飛客，老翅幾回寒暑。
歡樂趣，離別苦。
就中更有癡兒女，君應有語，
渺萬里層雲，千山暮雪，隻影為誰去。

當年「執子之手，與子偕老」，愛意滿盈，萬水千山、傾國傾城，而今雙手一放，紅塵無愛、人世蒼涼。那是人間最淒烈的場景，尤其是在渡口的地方，岸凝江流，帆起舟行，此岸彼岸，放手之頃，即成永絕。這一錯手，滄海桑田、物是人非，山盟海誓、煙消雲散。天上人間，無處相覓。長歌當哭，情何以堪！

鍾期死去哀千古，地老天荒一寸心。

驀然回首，碎影滄桑，燈火闌珊處，卻不見伊人蹤影。花開堪折直須折，有愛當愛直須愛。是否眞的要到放手之後，才「此情可待成追憶」呢？

人間勝事今全得

顧維鈞及其四位夫人

「人間勝事今全得，海內聲華盡在身」。這是顧維鈞在四十歲生日時，他的一位屬僚寫的壽聯，它寫出顧維鈞的成就及人們對他的評價。試想在五年內七任總長，六掌外交部，一掌財政部，兩任揆閣（國務總理），並曾任攝政元首，一九二七年居然做了五個月零三天的事實上的國家元首，這種經歷幾人能夠？至於他一生的感情之旅，娶的四位夫人，盡係名門望族、權貴顯要之後，更是無人能及！難怪學者王海龍在談及顧維鈞時說：「回顧顧維鈞的一生，有些人謂造化獨鍾情於他。顧維鈞一表人才，不獨聰穎超群，而且有貌。他曾和梅蘭芳、汪精衛並列被稱爲中國三大美男子。其少年得志，一生財運不俗，成年得遇如花美眷、娶國務院總理之女爲妻；不幸英年喪偶，卻又喜結良緣，復續富可敵國的南洋華僑巨商糖業大王之女。其妻的財勢和美貌、教養以及儀態萬方，使他在國內政爭和國際舞台上所向無敵。揮金如土，千金散盡還復來；無視利祿，利祿欲推卻還休。就連到了晚年，他還落得發大財的清差，復獲可人麗偶。顧維鈞享年近百歲（一八八八～一九八五），福祿壽三全，一身榮耀，榮華富貴全有，事事出人頭地。」筆者根據張昌華、沈潛的文章及相關資料，述說顧氏這段令人豔羨的感情世界。

顧維鈞一生擁有四位女性，或曰有四次婚姻。唯第一次與張潤娥的結合是有名無實。張潤娥是張聾子（張驤雲）的姪孫女，一個出身名醫世家的千金小姐。二十世紀初，上海灘有句名言「得了傷寒病，去找張聾子」，他在上海泥城橋平橋里開設診所，爲人正直儉樸，對病人悉心診治，不論貧富貴賤，一視同仁。由於醫德高尚再加上醫術精湛，聲名不脛而走。張潤娥是獨生女，父母的掌上明珠。其父的醫術也很高明，常出入顧府。張大夫爲顧家小少爺顧維鈞診病時，覺得這個小傢伙聰穎過人，十分欣賞，便萌聯姻之意。時顧維鈞之父顧溶執上海財政，權高望重。經媒人一撮合，雙方父母一拍板，十二歲的顧維鈞與十歲的張潤娥定了親。四年後，十六歲的顧維鈞赴美留學，他全神貫注於大學學業，並無任何結婚的念頭。其間家人卻頻頻來信催促他回國完婚，顧維鈞雖然百般不願，但在壓力下，只好作出讓步，同意假期回國探望雙親，但聲明不結婚。一九〇八年夏天，二十歲的顧維鈞利用暑假回國探親，誰知一回到家中，其父母便雙管齊下，軟硬兼施，他的父親甚至以拒食威脅。顧維鈞心軟了，他表示「願意在形式上結婚」。父母聞言大喜，當日進食，並令家人準備婚禮。但洞房花燭夜新郎卻跑到母親暫且空著的屋裡

青年顧維鈞

睡覺。母親怕事情弄僵，懇求顧維鈞，於是他不得不回到自己的新房，但卻仍和新娘分床而臥。一個睡大床，一個睡躺椅，就此井水不犯河水一直相安無事。晚年顧維鈞回憶時，仍感慨地稱讚張潤娥寬容、忍耐和天眞淳樸。

婚後顧維鈞要回美國繼續學業，父親要兒子帶著媳婦一起回美國，顧維鈞除了再一次妥協讓步外，也別無選擇。到達紐約當天，顧維鈞便把張潤娥送到費城他朋友推薦的一個美國人家裡住了下來，朋友還準備幫她介紹學校，學習英文。安排好這一切，顧維鈞才回到學校繼續學習。到了一九〇九年秋，顧維鈞終於提出協議離婚。張潤娥既不表示贊同也不表示反對。顧維鈞告之：如果雙方同意，婚約便可解除。顧維鈞將相關法律文書寄給張潤娥。過了些時候張潤娥考慮散局已定，覆函表示要與其面商。一九一一年，他們簽了離婚協議，「以極友好的態度彼此分手」。

顧維鈞的第二位夫人唐寶玥，是唐紹儀的女兒。一九〇八年，唐紹儀以清廷特使名義訪美，向美國政府部分退還庚子賠款一事致謝，同時肩負磋商東三省借款和謀求中、美、德三國聯盟問題。唐紹儀返國前夕，發函邀請四十位在美留學的學生代表作爲他的客人到華盛頓訪問。在唐紹儀舉行的歡迎宴會上，顧維鈞被代表們公推爲代表致詞發言。他的演說言簡意賅，才華橫溢。會後唐紹儀私下接見了顧維鈞，對他的發言表示了欣賞並予以鼓勵。這是顧維鈞與唐紹儀的第一次會面。

辛亥革命爆發後，袁世凱竊國就任大總統。唐紹儀本與袁世凱是拜把兄弟，於是被任命爲首屆內閣總理。因唐紹儀之推薦，一九一二年二月顧維鈞接到中國駐美公使張蔭堂轉達袁世凱電邀他任總統府秘書。當時在哥倫比亞大學的顧維鈞以論文還沒寫完，斷然拒絕這個邀請。後經他的老師穆爾教授的開導與協助，三月提前通過博士論文答辯。論文隨後以《外人在華地位》爲題，由哥倫比亞大學出版社年內出版。四月顧維鈞回北京任總統府和國務總理秘書。

唐紹儀有心將顧維鈞收爲東床快婿，於是便千方百計提供方便，創造女兒唐寶玥與顧維鈞接觸的機會。他親自安排一次內閣青年同事的野炊會，讓顧維鈞與女兒同時參加。唐寶玥端莊大方，性情溫柔，會英語，受過良好的西方教育。顧維鈞與唐寶玥彼此相識後，男才女貌，互生好感。不過此後兩位年輕人卻一直無緣見面。直到一九一二年六月，唐紹儀因與袁世凱政見不合，辭去總理職務，顧維鈞也跟著辭去職務，兩人都同到天津小住。這時顧維鈞幾乎成了唐家的常客，只要沒有其他約會，顧維鈞總是被邀去唐府，和他們家人一起吃午飯或晚飯。自受命回國後，因公務繁忙顧維鈞一直沒有時間回上海探望父母。他想返滬探親時，「恰好」唐寶玥也向父母提出到滬上看望姑母。兩人自然結伴，唐紹儀順水推舟，囑顧維鈞順便多照料女兒。到了上海，兩人很快墜入愛河。

一九一三年六月，顧唐兩家的婚事在上海公共租借體育場公園（今虹口公園）隆重舉行。新婚不久，顧維鈞進入外交部工作。一九一五年八月，他被任命爲墨西哥公使，十月改派駐美國兼古巴公使。作爲公使夫人，唐寶玥在顧維鈞的外交活動中，多有積極配合與協助。當時人評說：「顧惠靈使節在美時，凡重大典禮，國際宴會，夫人必周旋贊襄，以博友邦人士之好感，以故駐美各使，無不知顧唐夫人，亦無不善遇顧唐夫人。說者謂顧惠靈蜚聲外交界，傾動歐美者，得於內助者良多，非虛語也。」但天有不測風雲，一九一八年秋天某日，美國有兩大盛會同日舉行，一在華府，一在費城，顧維鈞分身乏術，便請夫人擇一地代表自己出席。唐寶玥憐愛丈夫，自動要奔赴路遙的費城。倒楣的是，她在歸途中染上西班牙流感，本已身心俱疲，回到華盛頓後，又一次強行赴會應酬，就此一病不起，兩天後便撒手人寰，留下一雙稚男幼女，男孩顧德昌才兩歲，女孩顧菊珍出生才幾個月。顧維鈞遭此打擊，有種有緣無福的悲哀。

顧維鈞喪妻時正值盛年（三十二歲），膝下尚有一雙兒女。孩子需要母愛，他何嘗不想娶個賢妻，然外交官的太太是可遇不可求的。此時他奉派爲代表參加巴黎和會，某日，顧維鈞造訪當年上海聖約

顧維鈞與唐寶玥和兒子

翰大學的同窗簡崇涵時，一眼瞥見鋼琴上陳著一幀漂亮女孩的玉照，她那份天生麗質令顧維鈞心動。一問方知是簡崇涵的小姨子黃蕙蘭，芳齡十九。顧維鈞當即向主人請求襄助玉成。

黃蕙蘭的父親黃仲涵是華人企業界赫赫有名的「爪哇糖王」，富可敵國。黃蕙蘭從小受過良好的教育，會荷蘭語、馬來語，精英語、法語；音樂、舞蹈、書法面面俱到；騎馬、開車、交際樣樣出色。打自父親有了姨太太後，黃蕙蘭便隨同母親一起旅居英國倫敦。很快地，正在歐洲遊歷的黃蕙蘭和母親收到姊姊黃琮蘭的來信。在姊姊、姊夫特意安排的晚宴上，黃蕙蘭見到了顧維鈞。

英姿煥發的顧維鈞

顧維鈞對她發動了猛攻，不斷地請她聽音樂會、看歌劇，散步、喝咖啡。當黃蕙蘭斜倚在法國政府專爲顧維鈞提供的轎車裡在馬路上兜風時，坐在只有外交官才能享用的包廂裡欣賞音樂時，她感到無比的自豪和榮光。她明白，錢不等於權，這些都是父親用再多的錢也買不到的。

一九二〇年十月二十一日，兩人的婚禮

在布魯塞爾的中國使館舉行。當時中國駐西班牙公使和夫人從馬德里趕來出席婚禮。從巴黎來的中國代辦在公使館客廳主持這一宗教性婚禮。身穿西式拖地白紗裙的黃蕙蘭在公使攙扶下，走到身穿西式禮服的顧維鈞跟前，兩人並排而立，相對鞠躬。由證婚人宣讀祝辭之後，新郎給新娘戴上了結婚鑽戒，新娘則借來一把佩劍分切了結婚蛋糕。隆重而正規的儀式，讓黃蕙蘭陶醉了。而新婚之夜，他們是在開往日內瓦的臥車上度過的，因爲國聯大會翌日將召開，身爲中國代表團團長的顧維鈞務必出席，因此只有連夜趕路。

此後無論在倫敦、巴黎、華盛頓，還是在北京，黃蕙蘭總是隨著顧維鈞出現在各種正式場合，周旋於王公伯爵之間。由於她氣質典雅，又諳熟歐洲風俗和多國語言（她的法語，連顧維鈞都自歎弗如），在外交舞台上眞是如魚得水。當然這也由於她父親在背後有雄厚的財力支援的緣故。顧維鈞回憶說：「她很幫忙，昔在巴黎時，帝俄時代的王公伯爵都逃亡法國首都。他們雖失政權，但在法國的高級社會裡擁有勢力。她喜歡和他們結

富家千金黃蕙蘭

交。在使館裡常三日一大宴，五日一小宴招待他們。全用她自己的錢。」黃蕙蘭為樹立中國人的形象，不僅把自己打扮得高貴典雅，還「改造」顧維鈞，從他的髮型、穿著入手，以至教他跳舞、騎馬。黃蕙蘭曾不無驕傲地追述說：「我們什麼地方都去。我渾身珠光寶氣，穿著名師設計的衣服，外披雪貂或紫貂長大衣。維鈞的大禮服是英國裁縫縫製的。我們的汽車是由司機駕駛的羅爾斯·羅伊斯牌，是媽媽送的結婚禮物。由於媽媽的培養，我深安歐洲社交的習俗，使我能夠進入沒有幾個中國婦女能進入的社交圈子。我愛跳舞，開高速汽車，下大賭注，而且爸爸支援；從他那裡源源而來的金錢，就像我們參加的華貴舞會和招待會上的香檳酒一樣綿綿不絕。」

另外她還斥鉅資把中國駐巴黎使館修葺一新，整修一新的使館充分體現了中西合璧的典雅風格，這中間自有黃蕙蘭悉心努力、精心設計的功勞。難能可貴的是，黃蕙蘭還熱心投入華人慈善事業。二戰期間在倫敦，她加入當地紅十字會組織的救護工作，被派入遭敵軍狂轟濫炸的貧民區，每日工作八小時，堅持了四個月。回憶戰時倫敦的那段生活，黃蕙蘭不無自得地回憶道：「我們正是靠著父親的財產，才得以輕鬆自若地周旋於歐洲的社交界。我丈夫雖然精明能幹，但他國際聲望的提高，卻離不開我們的招待方式及中國使館的裝潢修飾。此外，我諳熟豪華生活，習慣於僕人服侍，所以在各種慶典酬應中，不論做主人還是作客，全都輕鬆自如。我總能做到不失自己身分和本來面目。」

難怪，在顧維鈞任駐美大使後的某一場合，當幾位來訪的中國官員對這位聲望卓著的外交家大加稱讚時，蔣宋美齡卻指著黃蕙蘭說：「別忘了大使夫人也起了重要作用呀。」以蔣夫人自己的親身感受和體會，她很清楚顧維鈞的外交事務離不開黃蕙蘭的襄助。

不過世事難料，這對看上去令人豔羨的富貴夫妻，在結婚三十七年後，也就是在一九五六年卻走上分手的結局，她和顧維鈞育有兩個兒子，老大顧裕昌，老二顧福昌。後來在一九七五年黃蕙蘭以英文寫成《沒有不散的筵席》（*No Feast Lasts Forever*）的回憶錄，在書中透露出些許的緣由。在最初的幾年，夫婦倆的感情是頗爲融洽的。對黃蕙蘭來說，嫁給顧維鈞，不僅使她擁有作爲外交官夫人的高貴地位和身分，也圓了她少女時代躍升上流社會成爲貴婦人的夢想。黃蕙蘭清楚地感到，爲了服務於中國的外交事業，在顧維鈞身上有著一份非比尋常的精神和意志，那就是在必要時寧願自我犧牲的品格。面對一個才華橫溢、而有崇高理想的知識分子；一個擅長處理最複雜處境而又聰明且具有耐心的外交家，黃蕙蘭是引以爲傲的。

但正由於顧維鈞有著強烈事業心，難免因爲工作繁忙而少了對愛妻的溫情關懷。因此黃蕙蘭漸漸多了一份抱怨，她說：「我很少機會單獨和他在一起。他的日程塡滿了大會小會。等他回到家中，又馬上坐到書桌旁，向他的秘書們口授演講詞或是親自起草每天向北京彙報的電稿。我們常常一同接到邀請去參加各種宴會，但是當我打扮整齊等待他的讚許時，他往往只不過心不在焉地看我一眼而已。」顧維鈞是位敬業的人，對妻子的關懷自然便少了些。黃蕙蘭說：「他對待我，就是忍讓，供吃供住，人前客客氣氣，私下拋在一邊。」於是，她下了判詞：「他是個可敬的人，中國需要的人，但不是我所要的丈夫。」

當然靠父親源源不斷的匯款，使黃蕙蘭生活更氣派，個性更驕縱，就如同她晚年不無自責地感悟說：「我的父親自幼寵壞了我，社會繼而驕縱我，諂媚我，追求我。寵壞了的孩子長成了寵壞了的貴婦。」難怪顧維鈞不時埋怨她出手過於闊綽，生活過於挑剔，交際過於隨便。隨著時間的流逝，看著黃蕙蘭依然我行我素的生活方式，顧維鈞越來越生厭惡之感。到了一九四六年再度出任駐美大使，夫婦倆的感情明顯出現裂痕，彼此的心已離得越來越遠了。而令黃蕙蘭最不堪忍受的是，「維鈞每個星期要到紐約去度週末，從星期五一直待到下個星期二，與他那位在聯合國工作的女相好相會。」黃蕙蘭提到的在聯合國工作的那位女士就是嚴幼韻。但顧黃彼此勉強維持好多年後，直到一九五六年，兩人才平靜地離婚。

顧維鈞經歷了三次婚姻的洗禮，備嘗酸甜苦辣，七十二歲的他與小他二十歲的嚴幼韻女士在一九五九年結合了。這是一段沒有任何功利色彩的純情之旅。顧維鈞把愛的方舟泊在嚴幼韻溫馨的港灣，永不啓航了。

嚴幼韻，浙江寧波人。上海著名綢緞莊「老九章」老闆之後裔。嚴幼韻的女兒楊雪蘭在談到母親時這麼說：「母親的家世，應該從她的祖父嚴信厚說起。嚴信厚是近現代非常有名的實業家，他曾在杭州胡雪巖開設的信源銀樓任文書，得到胡雪巖賞識，被胡推薦給李鴻章。後來他經營鹽業，積累了大量家財，在繪畫、書法上都很有造詣。嚴信厚致力於民族工商業、金融業，一八八七年，他投資五萬兩金銀在寧波灣頭創辦中國第一家機器軋花廠，後又在上海投資麵粉廠、榨油廠等多家實業。一九〇二年，他還出任上海第一個商界團體——上海商業會議公所首屆總理。嚴信厚有兩個女兒一個兒子，兒子嚴子均便是我的外祖父。嚴子均是一位開明商人，他將產業進一步擴大，母親自小便生活在這樣一個富有而寬鬆的家庭裡。她與兩個姐姐嚴彩韻、嚴蓮韻都成為中國第一代接受高等教育的女性。」

年幼時，嚴幼韻曾在天津中西女學校畢業。楊雪蘭說：「一九二五年母親考入滬江大學，那是中國最早男女同校的教會學校之一，頗多清規戒律，學生必須住校，每月只能回家一次。母親不願受約束，一九二七年她轉入復旦大學商科，成為首批入該校的女生。母親住在靜安寺，離復旦比較遠，那時候，她坐著自己的轎車到學校上課。家裡給她配了個司機，她自己也會開車，常常是司機坐在旁邊，她開車，很多男生每天就站在學校門口，等她的車路過。因為車牌號是『84』，一些男生就將英語 Eighty Four 念成上海話的『愛的花』。很多她在復旦上學時的同學回憶，如果母親向哪位男生開口借筆記或作業，他們都感到『受寵若驚』。『愛的花』這個綽號後來不僅傳出復旦校園，還出現在上海的報章雜誌上，母親成了當時最時尚人物的代表。」

一九二九年九月，嚴幼韻與楊光泩在上海大華飯店舉行婚禮，這裡也是九個月前蔣介石與宋美齡舉行婚禮的地方。婚禮由外交部長王正廷主持，出席婚禮的近千人。楊雪蘭說：「我的父親生於一九〇〇年，十六歲時考入清華學堂高等科，二十歲畢業後留美，獲普林斯頓大學國際公法哲學博士學位。一九二七年回清華任政治學、國際公法教授，不久進入外交界，一九三〇年出任中國駐倫敦總領事及駐歐洲特派員。抗戰爆發後，父親被派往菲律賓，任中國駐馬尼拉領事館總領事。」一九四二年日軍佔領馬尼拉時楊光泩遇害。他和嚴幼韻育有三女：長女楊蕾孟、次女楊雪蘭、三女楊茜恩。

早在二十世紀三〇年代，因丈夫關係，嚴幼韻便與顧維鈞熟識。丈夫去世後嚴幼韻便到紐約，後來供職於聯合國。那時，顧維鈞正出任「駐美大使」。由於工作上關係，兩人便有交往，相互屬意。楊雪蘭說：「母親很早就認識顧維鈞，顧先生是父親以前的上司，那時的位置也很高。父親以前還向他寫信請教過一些問題，我們全家到美國來，也是顧先生的幫助。顧先生很年輕時就從事外交工作，其實『家』的概念對他來說很淡薄，沒有什麼個人生活，也很少有私人朋友。跟母親結婚以前，顧先生在海牙國際法庭

顧維鈞與女兒菊珍（宋路霞提供）

工作，那時他沒有家，住在旅館裡。可能是長期沒人照顧吧，我們見到他時，他非常瘦，在家裡吃飯也像參加宴會一樣正式，有個人專門站在他身後，隨時遞上一塊餐布服侍他。」

一九五九年，嚴幼韻與顧維鈞在紐約結婚。楊雪蘭說：「顧先生本來是很嚴肅的一個人，跟我們在一起時間長了，顧先生也被我們『改造』過來。他是一個非常好玩的人，他會像孩子一樣喜歡過生日 Party。每年他過生日的時候，我們都要動腦筋想，怎麼慶祝。他的生日是一月二十九日，後來成了我們家除了耶誕節、春節以外，每年最重要的一個日子。有一年我們全家去滑雪，他和母親年紀大了，就計畫在附近散步。有一天我們回來時，看到他帶著新買的滑雪服，原來他忍不住『童心大發』，要跟我們一起滑雪去，後來《時代》週刊還登了一篇文章，說七十二歲的顧維鈞開始學滑雪。」

嚴幼韻是位善於理家、精於治家的女主人。婚後她把精力傾注在照顧丈夫的生活上。爲他備大量的中英文報紙供他閱讀；同他聊天，讓他身心愉悅；陪他散步，讓他恬靜怡然；爲他安排牌局，供他消遣取樂。他打牌從不算牌，不扣牌，十打九輸。有人表示禮貌，讓他當贏家，他絕不接受，總把錢塞在輸家的手中。往往「牌完站起來，幽默地問：我是贏了，還是輸了？倒在床上，便入夢境了」。嚴幼韻熟知丈夫有晚睡晚起的習慣，考慮到晚餐到次日早餐有十多小時不吃東西，怕影響他的健康，每日凌晨三時必起，煮好牛奶放在保溫杯中，還附上一張「不要忘記喝牛奶」的紙條放在床邊。顧維鈞晚年在談到長壽秘訣時，總結了三條：「散步，少吃零食，太太照顧。」

楊雪蘭說：「所以晚年他和母親的結合後很幸福。顧維鈞先生後來用十七年完成了他的口述回憶錄，這與母親的精心照顧是分不開的。唐德剛先生爲他做口述史時，他正出任海牙國際法庭大

顧維鈞、嚴幼韻夫婦捐贈英文回憶錄給哥大校長

上海顧維鈞陳列室

法官，唐德剛利用他每年回紐約度假三個月時間，每天來訪問四小時。而顧先生在做外交官時，每天寫日記，也保存了大量的歷史資料。他們共同完成了這套共十三卷、六百萬字的《顧維鈞回憶錄》，爲中國近代史留下了一筆特別珍貴的歷史資料。」

一九八五年十一月十四日顧維鈞無疾而終。他去世後，哥倫比亞大學設立「顧維鈞獎學金」。嚴幼韻將他的一百五十五件遺物捐給上海嘉定博物館，並捐十萬美元，資助建立顧維鈞生平陳列室，以慰夫君。

在民國史上能像顧維鈞那樣，因婚姻關係而讓事業、金錢和愛情兼而有之者，可說是絕無僅有。除了元配張氏是父母之命，而且也是有名無實外，他的三位夫人對他可說是影響很大。第一位夫人唐寶玥讓他得以發展政治地位，由於其父唐紹儀的賞識和提攜，是年輕有爲的顧維鈞日後在官場一路走紅的重要因素，後來顧維鈞到外交部任職，也是唐紹儀力薦的結果，當然顧維鈞也不負眾望。日後他成爲二十世紀上半葉中國最重要的外交家，可以說顧唐聯姻，是他一生政治事業飛黃騰達的里程碑。而第二任夫人黃蕙蘭的多財善舞，對顧維鈞亦幫助不少，當時外交圈內的說法，都認爲在我國駐外大使中，最出色的大使夫人要數她，首屈一指。而第三任夫人嚴幼韻細心的照料，使他得以白頭偕老，幸福安度晚年。曾經有人問起晚年的顧維鈞，在他一生所經歷的四次婚姻中，最喜歡的是哪位夫人？九十多高齡的顧維鈞回答是嚴幼韻，照他的話說，那是因爲「她很瞭解我、照顧我。」顧維鈞的大兒子顧德昌在顧維鈞過世後曾說，如果沒有嚴幼韻，父親的壽命恐怕要縮短二十年。由此可見顧維鈞得享九十八高齡，主要還是與嚴幼韻二十多年來的精心照顧分不開。

總之，顧維鈞青年時代有美男子之稱的瀟灑外型，長期從事外交的橫溢才華，晚年的崇高威望，也是其自身與天俱來和後天不懈奮鬥的結果。它形成顧維鈞獨特的人格魅力。

舊日王孫．無邊風月

也談袁寒雲

民國初年，京津滬的上層社會把當時四位頗具傳奇色彩的豪門子弟稱爲「四大公子」，即後世所說的「民國四公子」。他們分別是末代皇帝溥儀的族兄溥侗、袁世凱的次子袁克文（寒雲）、河南都督張鎮芳之子張伯駒、奉系軍閥張作霖之子張學良。

而在一九三一年春天，袁寒雲病逝於天津，享年四十二歲，他的表弟張伯駒哀傷逾恆，輓之以聯曰：「天涯落拓，故國荒涼，有酒且高歌，誰憐舊日王孫，新亭涕淚；芳草凄迷，斜陽黯淡，逢春復傷逝，忍對無邊風月，如此江山。」對這位「詩酒風流」的「翩翩佳公子」，該是最佳的寫照。

袁克文（一八九〇～一九三一年），字豹岑，一字抱存，號寒雲，河南項城人。袁世凱的次子，生母金氏是朝鮮貴族李王妃之妹、袁世凱的第三房姨太太。寒雲自幼聰慧異常，六歲學識字，七歲讀經史，十歲習文章。「讀書博聞強記，十五歲作賦填詞，已經斐然可觀。」其詩文在當時被譽爲「高超清曠，古豔不群」。除此之外，他很早就表現出與眾不同的藝術天賦，在一九〇六至一九〇八年間隨父居津沽時，便從老一輩羅癭公、吳保初、方地山等名士交

貴為「二公子」的袁寒雲

遊，與古器物、書畫詞翰結下不了緣。他爲人風流曠達，被稱爲「民國四公子」之一。更被少數史家比作「近代曹子建」。

袁寒雲的哥哥袁克定是袁世凱唯一的嫡出長子，與其父接觸最多，受薰染也最深，他善於政治權術，最熱衷於帝制，深得袁世凱的賞識，並將他內定爲「太子」。但因袁克定搞了假版《順天時報》而失信於袁世凱，袁世凱表示以後在「立儲」時會考慮立賢不立長。接著在制定「皇子服」時，因袁寒雲的「皇子服」與袁克定的一樣而異於其他兄弟，袁克定便視袁寒雲爲自己當「皇太子」的最主要競爭對手。雖然，袁寒雲不熱心帝制，曾作「絕憐高處多風雨，莫到瓊樓最上層」的詩句，表示對帝制的冷漠和不參與政治的態度，但是袁克定仍然極力排斥他，甚至想在必要時除掉他。他甚至公開向家人宣佈：「如果大爺要立了二弟，我就把二弟殺了。」袁克定說到做到，設宴於北海團城，準備以毒酒毒死袁寒雲，幸被袁寒雲識破而未得逞。「皇太子」事件使袁寒雲陷入了一場兄弟內訌的漩渦，每時每刻都面臨著性命之憂，他自知不是其兄的對手，更主要的是他無意於當「皇太子」，面對殺氣騰騰的袁克定，於是他被迫離開京城，遠走上海。

袁寒雲詩詞書畫無所不能，彈拉吹唱無所不會，但兄弟內訌，又宛如曹丕與曹植的翻版，於是恭維他的人就送他一個「陳思王第二」的稱呼。不管這稱呼是否具實，但在人生不甚得意方面卻眞有點像漢末的曹植。所以寒雲雖然有錢花，有名人的地位，內心

一心想稱帝的袁世凱

卻是潦倒的，簡直就有點落魄，故而不僅結詩唱和，粉墨登場，亦醇酒婦人，吸食鴉片，並加入青幫，充當了「大字輩老頭子」。一九三一年，正值壯年之時，卻撒手人寰。其幫會中徒子徒孫按幫規為他披麻帶孝，轟動一時。當今之世，人們多熟知赫赫有名的物理學家袁家騮、吳健雄夫婦，殊不知那正是袁寒雲的兒子和媳婦呢！

袁寒雲擅詩，二十四歲那年就出版了第一部舊體詩集《寒雲詩集》，該詩集分上、中、下三卷，由易實甫選定，共選入一百餘首。用仿宋字排印，線裝本。題簽是寒雲自題。當時印數不多，過了若干年，連他自己也一部不存了。後來他的老師方地山為他搜集到一部朱印本，也只有上下卷，中卷尚付闕如。方地山在贈給他時，在詩集扉頁上題了首七絕，詩云：「人間孤本寒雲集，初寫黃庭恰好時。手疊叢殘還付與，要君惜取少年時。」意思要他好好保存，但可惜到後來還是散佚了。其中有〈感遇〉（二首）：

乙卯秋，偕雪姬遊頤和園，泛舟昆池，循御溝出，夕止玉泉精舍。

其一

乍著微棉強自勝，荒臺古檻一憑臨。
波飛太液心無往，雲起蒼崖夢欲騰。
幾向遠林聞怨笛，獨臨虛室轉明燈。
絕憐高處多風雨，莫到瓊樓最上層。

其二

小院西風向晚晴，囂囂恩怨未分明。
南回孤雁掩寒月，東去驕風動九城。
駒隙去留爭一瞬，蟲聲吹夢欲三更。
山泉繞屋知深淺，微念滄浪感不平。

這兩首詩是他在民國年間最廣爲傳頌的名作。一九一五年，正是袁世凱醞釀稱帝最熱鬧的時候，袁寒雲做此二詩，強烈反對「乃父竊帝位，改元洪憲」。據《洪憲紀事詩本末注》載「克定擁乃父稱帝，克文（袁寒雲）時作諷詩示譏諫之意，後以〈感遇〉詩獲罪。詩云：乍著微棉強自勝，……莫到瓊樓最上層。初，克文逐日闢觴政於北海，結納名士，從者頗眾。克定陰遣嶺南詩人某窺克文動靜，某檢舉〈感遇〉末二句詩意爲反對帝制。克定稟承世凱，安置北海，禁其出入。克文唯摩挲宋板書籍、金石尊彝，消磨歲月。」當時全國反袁稱帝的人士也大多引用其詩，說連項城（袁世凱）識大體的兒子，都不贊成帝制，何況別人。寒雲詩名由是大噪。

寒雲一生詩詞頗多，但散佚者更多。他去世之後，他的表弟張伯駒爲他廣事蒐羅，巢章甫、鄭逸梅相助，所獲較多，奈以付印不易，只油印一本詞集，名《洹上詞》（包括《寒雲詞》、《豹盦詩餘》、《庚申詞》，共近兩百首）。張伯駒在〈《寒雲詞》序〉讚之曰：「寒雲詞跌宕風流，自發天籟，如太原公子不修邊幅而自豪，洛川神女不假鉛華而自麗。嗚呼！霸圖衰歇，文采猶存，亦足以傳寒雲矣。」又據張伯駒《春遊記夢》載：「庚午（一九三〇）歲冬夜，以某義務事共演戲於開明戲院，……卸妝後，余送寒雲至靄蘭室飲酒作書，時密密灑灑，飛雪漫無邊際天，室內爐暖燈明，一案置酒肴，一案置紙筆，寒雲右手揮毫，左手持盞，即席賦〈踏莎行〉詞。詞云：『隨分衾裯，無端醒醉，銀床曾是留人睡。枕函一晌滯餘溫，煙絲夢縷都成憶。依舊房櫳，乍寒情味。更誰肯替花憔悴。珠簾不捲畫屏空，眼前疑有天花墜。』」這「靄蘭室」是妓館，塞雲填詞時有紅袖「研磨伸紙」，添香助興，凌晨四時許，張伯駒、袁寒雲方才興盡而回。由於有張伯駒的保存，這首依紅偎翠、情致委婉的詞作才留傳至今。今天來看這首詞，雖說不上「古豔不群」，倒也可歸入柳永一門。這位「近代曹子建」，將自己的過人文采，擲於青樓，而在生活方式上，也更像那個「忍把浮名，換了淺斟低唱」的柳永了。

目前傳世的《寒雲詞》，基本上都是豔情詞，而且大都是寫給歡場女子的。袁寒雲的元配夫人劉姌（字梅眞），是天津候補道劉尙文的女兒。袁寒雲的胞妹袁淑禎（靜雪）說：「有一年，父親帶著二哥由天津到北京拜壽。那時二哥已經有十七八歲了。西太后

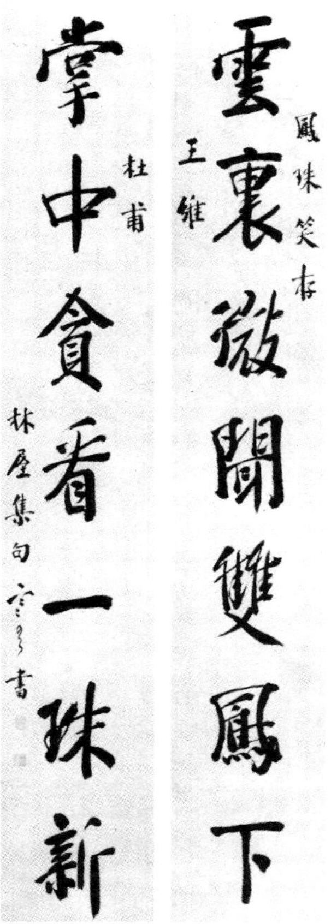

袁寒雲書法

接見了他們父子。她看到了二哥那很聰明的樣子，非常喜歡，就提出來要把她娘家的姪女配給二哥爲妻。我父親當時奏明我二哥從小已經訂了婚，這才作罷。實際上，二哥是沒有訂過婚的。因此，我父親在回到天津以後，爲了避免自己的『欺君之罪』，就暗暗四處託人爲二哥說親。當時的條件是，只要姑娘本人好，至於娘家的門第、貧富，都可以不必理論。就這樣，定下了劉家的姑娘。劉家很窮，所以陪送的一切東西，都是由我們家代辦的。親事說定了以後，接著便在天津督署內舉行了婚禮。」劉梅眞能寫一手漂亮的小楷，熟悉音律，且善吟咏，婚後兩人相互唱和，伉儷情篤，曾有《倦繡室詩草》問世。只是好景不常，沒多久，袁二公子就離家南下冶遊了，早把結髮之妻，忘到九霄雲外了。

袁靜雪說：「我二哥吃、喝、嫖、賭、抽，樣樣都來。」又說：「他一生一共娶了五個姨奶奶。他納寵的方式，是走馬燈式的。這五個姨奶奶的順序是：情韻樓、小桃紅、唐志君、于佩文和亞仙。這其中只有情韻樓是一個沒有進門的姨奶奶。她是上海的一個妓女，由二哥贖了身，住在上海，已經生了一個兒子。不料這件事情被我父親知道了，就讓二哥把她們母子接進府來。但是，情韻樓不願意受那大家庭的束縛，二哥無法，只得把他在上海另外結識的一個妓女叫做小桃紅的，冒名頂替地帶了孩子，一同進府。……他和二嫂劉梅眞的婚事，原是匆促之間在天津結成的。他們之間的感情並不很壞，可是由於二哥浪蕩成性，所以他的這五個姨奶奶就這麼一個一個地進門，又那麼一個一個地離去。在他剛納寵的時候，二嫂哭鬧得很厲害，並且還哭到我母親處。我父親聽到了以後，就說：『有作爲的人，才有三妻四妾，女人吃醋是不對的。』二哥的有名分的姨奶奶，只有這五個人，那沒有定名分的，據說先後共有七、八十個了。」

其中情韻樓本名薛麗清，亦名雪麗清。她本是南部清吟小班的名妓，長得並非絕色，貌僅中人，但肌膚潔白如雪，寒雲親昵地稱之爲「雪姬」。她舉止談吐，溫文爾雅，別有一番奪魂攝魄的風韻。那句爲袁寒雲惹下彌天大禍的詩「莫到瓊樓最上層」，就是他在「乙卯秋，偕雪姬遊頤和園，泛舟昆池」爲雪姬所寫的兩首詩中的名句。寒雲傾倒於她，要強娶進宮，但薛麗清不肯。在《漢南春柳錄》中，對這段往事記述如下：「予之從寒雲，也不過一時高興，欲往宮中一窺其高貴。寒雲酸氣太重，知有筆墨不知有金玉，知有清歌不知有華筵，且宮中規矩甚大，一入侯門，均成陌路，終日泛舟遊園，淺斟低唱，毫無生趣，幾令人悶死。一日同我泛舟，做詩兩首，不知如何觸大公子之怒，幾遭不測。我隨寒雲，雖無樂趣，其父爲天子，我亦可爲皇子妃。與彼此禍患，將來打入冷宮，永無天日，前後三思大可不必。遂下決心，出宮自去。克定未做皇太子，威福尚且如此，將來豈能同葬火坑，不如三十六計，走爲上著之爲妙也。袁家規矩太大，亦非我等慣習自由者所能忍受。一日家祭，天未明，即梳洗恭聽已畢，候駕行禮，此等早起，尚未做過。又聞其父亦有太太十餘人，各守一房，靜候傳呼，不敢出房，形同坐監。又聞各公子少奶奶，每日清晨，先向長輩問安，我居外宮，尚輪不到也。總之，寧可做胡同先生（妓女的別稱），不願再做皇帝家中人也。」這篇談話是薛麗清離開袁寒雲後到漢口「重樹豔幟」時所談，「《春柳錄》管群所記」，當有實錄的價值。至於她和袁寒雲所生的兒子，就是後來鼎鼎大名的袁家騮。

薛麗清是袁寒雲二十五六歲時的歡愛，在袁世凱正式稱帝之前，兩人就勞燕分飛了。實際上她並未眞當上「皇上妃」，當上「皇子妃」的是她的替身小桃紅。據旌德汪彭年對劉成禺口述：「新曆民四，九月十六日，項城壽辰，宮內行家人祝嘏禮。少長男女，各照輩次分班拜跪。孫輩行中，有老嫗抱一赤子，合手叩頭。項城曰：此兒何人？嫗應曰：二爺新添孫少爺，恭喜賀喜，項城問其母爲誰？旁應曰：其母現居府外，因未奉皇上允許，不敢入宮。項城曰：即刻令兒母遷進新華宮，俟我傳見。兒何人？寒雲納薛麗清所生也。麗清分娩後離異他往，項城因兒索母，何處可尋？如果，袁乃寬、江朝宗等，與寒雲商定，當夜朝宗派九門提督率兵往石頭胡同某清吟小班，將寒雲曾眷之蘇妓小桃紅活捉入宮，靜侯傳呼。八大胡同佳麗，受此驚嚇，不知所云，有逃避一二日未歸院者。事定，手帕姊妹，豔稱小桃紅眞有福氣，未嫁人先做娘。」

這小桃紅也是袁寒雲二十多歲時的所戀之一，在袁世凱「賜諸子克定、克文、克良北海離宮各一所」時，曾與寒雲住在雁翅樓。後來是因爲〈感遇〉詩被克定舉報？還是因爲寒雲被克良誣陷與父親姬妾有染？反正袁寒雲被禁止「與當朝名士往來唱和」時，陪同寒雲被軟禁的就是小桃紅。北海離宮雖然衣食無憂，但一個「日爲飲食」，一個「摩挲宋版書籍、金石尊彝，消磨歲月」，兩人都嘗盡了無聊。直到小桃紅以薛麗清之替身被捉拿入宮，還眞當了一回「皇子妃」、「皇孫母」。不過，強扭的瓜不甜，三餘年後，小桃紅終於無福消受從天而降的榮華富貴，「與寒雲分離，在津重張豔幟，易名秀英」，這應當是民國七、八年的事。後來兩人分手以後，彼此都未忘情，直到民國十五年，還有袁寒雲接受「秀英邀觀影劇」的往來。袁寒雲丙寅（一九二六）二月十二日的日記中，就有這樣式記載：「秀英原名小桃紅，今名鶯鶯，咸予舊歡小字也。對之棖觸。爰敘語曰：提起小名兒，昔夢已非，新歡又墜；漫言桃葉渡，春風依舊，人面誰家。又曰：薄倖眞成小玉悲，折柳分釵，空尋斷夢；舊心漫與桃花說，愁紅泣綠，不似當年。」

袁寒雲的諸多小妾中，與他在家庭生活上

風流才子袁寒雲

最爲默契的是唐志君。此女是浙江平湖人，善理家政，對寒雲的伺候也很到位。寒雲是位癮君子，平時愛躺在床上呑雲吐霧，古董書籍，堆砌枕旁，會客或者寫文章，僅只欠一下身子，安排照應一概由唐志君打點。唐志君也喜好文學，寫的文章經袁寒雲潤色後，曾在上海《晶報》發表過，計有〈陶瘋子〉、〈白骨黃金〉、〈永壽室筆記〉等篇。袁寒雲對唐志君也是殷勤有加，曾陪伴她一起回浙江娘家，寫有〈平湖好〉、〈平湖燈影〉、〈平湖瑣唱〉等文章，爲同赴平湖紀事。其弟唐采之，長期是袁寒雲的管家，掌管袁家經濟大權。唐志君與袁寒雲離異後，去了上海，生活無著落，只好撿起原來幹過的老本行：看相算命。江湖女術士的生意並不怎麼好，有人給她建議，在報紙上刊登一則廣告，就憑洪憲皇帝袁世凱兒媳婦的名頭，足以招攬諸多顧客。唐志君搖搖頭，她的心裡仍然裝著袁寒雲，不願意那麼做去傷落魄名士的心。後來寒雲逝世，消息傳到上海，唐志君親臨《晶報》報館詢問詳情，聲稱要爲夫君袁寒雲寫一小傳。

在袁寒雲走馬燈似的所納小妾中，唯獨有一個女子爲元配劉梅眞所喜愛的。此女姓蘇，名棲瓊，江蘇華墅人，長得乖巧，嘴巴也很甜，爲了幫她脫籍離開妓館，劉梅眞還從私房錢中拿出了銀元三千，且常常偕同往光明社看電影，或赴共和春、百花村等酒家宴飮，三人結伴而行，也是津門一道獨特的街景。袁寒雲在一九二六年二月二十一日有首紀念他帶棲瓊同登天羊樓的詩云：「荒寒向夜浸，海天轉消沉。入市孤懷倦，登樓百感深。東風舒道柳，朔月黯郊林。何處歌聲咽，愁聞變徵音。」

袁寒雲這位花帥，似乎從來就沒有停歇過。民國十三年，他與小鶯鶯邂逅相遇，一見鍾情，迅速跌又入一場情場的旋渦，瘋狂程度絲毫不減當年。小鶯鶯，本名朱月真，也是滬上妓家的當紅明星，寒雲爲其撰寫〈鶯徵記〉、〈憐渠記〉，又作〈春痕〉詩十首，以清宮舊製玉版箋四幀，畫朱絲欄，精楷寫贈小鶯鶯。不久在北京飯店舉辦婚禮，在鮮魚口租房金屋藏嬌。這樁桃色花邊新聞在當時頗爲轟動，曾有娛樂記者撰寫八卦文章〈寒鶯夜話〉在報紙上炒作，紅遍了京城半邊天。過了段時間，發生了馮玉祥政變將曹錕囚禁在延慶樓，京津兩地的火車阻隔不通，寒雲和小鶯鶯遂成爲牛郎織女，望天長歎。既而袁寒雲別有新歡——蘇眉雲，思念之情漸漸被眉雲替代。此時小鶯鶯已有身孕，不久生下一女，名爲三毛（袁家華），貌酷似其父，極聰慧。幾年後袁寒雲聽說了這個消息，託人到上海與小鶯鶯相商，希望能破鏡重圓。小鶯鶯答應了，正準備帶三毛赴京與生父重晤，不料袁寒雲病逝，小鶯鶯聞知音訊，甚爲悲痛。

蘇眉雲她雖然只和寒雲相處四年，而且其中還常有別離，但兩人感情深厚。一九二七年一月十日，袁寒雲應張宗昌之邀去濟南，眉雲到車站送別，寒雲在車中塡詞〈賣花聲〉云：「莫更放春殘，教夢無端，東風已自滿江干。便是相思深歲許，可奈天寒。底事問悲歡，門外關山，啼塵咽袂去留難。花妒花愁都未了，隔住紅闌。」晚上到濟南後，又馬上寄信給眉雲。同年三月十九日有〈擁衾〉一首寄眉雲：「征鬢感愁侵，幽思到海深。一回腸又斷，千里夢同尋。烽火淹歸騎，衷懷愴暮砧。連天風雨咽，猶自擁寒衾。」翌年，眉雲突然病倒，寒雲聞訊，帶病趕回來探望。見到眉雲已花容凋殘，不禁悲痛欲絕，曾有詩〈眉雲疾甚，病中強起視之〉記之：

相違五十日，相見不能識。羸骨益支離，無言但淒咽。
神爽念昔時，涕淚空此夕。吁嗟旦暮間，歲景何淹忽。

眉雲終於在一九二九年冬在天津去世，寒雲極爲悲痛，作〈滿庭芳〉悼之：

才識春來，便傷人去，畫樓空與招魂。瑣窗燈火，長想舊眉顰。回首殷勤未遠，定惆悵、無限黃昏。當時路，香殘夢歇，何地逐閒塵？
傷神猶記取，羅衾夜雨，錦幄朝曛。奈歡語重重，欲說誰聞。縱是他生未卜，容料理、宵夢溫存。相望處，人天邈矣，荒樹掩新墳。

眉雲葬在天津西沽，墓碑「蘇眉雲之墓」爲袁寒雲手書。

于佩文是嘉興人，寒雲與她相識於一九二七年，佩文十八歲，同年舊曆四月二十六日兩人結婚，卜居霞飛路二七〇號。佩文最爲端莊，始終如一。寒雲與之初遇時，爲她寫了〈夜坐〉：

江上東風晚未收，刁蕭一雨近層樓。
千燈依舊行人家，百感無端此夜休。
祇是溫柔初罷夢，何如迢遞且延眸。
相逢爲問春歸思，漫檢征衣計去留。

于佩文能畫蘭花，寒雲曾題曰：「清兮芳兮，紉以爲佩；妙手得之，蕭然坐對」。另外寒雲又爲她集句爲嵌字聯云：「佩玉鳴鸞罷歌舞，文章彪炳光陸離。」同年九月于佩文懷孕，他就是袁寒雲的四子——袁家楫。袁家楫從一九七八年至一九九八年，連任天津市政協委員。現已退休，寓居天津。

袁寒雲一生究竟納妾多少？這恐怕是一筆糊塗帳，很難算得清楚。據不完全統計，他的侍妾計有薛麗清、小桃紅、棲瓊、小鶯鶯、眉雲、無塵、溫雪、雪裡青、蘇台春、情韻樓、高齊雲、花小樓、唐志君、于佩文等。至於沒有小妾名分的臨時二奶，更是數不勝數，至少也超過三位數。袁寒雲就像是人世間的一名匆匆過客，始終在追求什麼，也始終在逃避什麼，那些女人對他而言，精神渴求的意義遠大於肉體佔有的意義。在解釋和她們分手的原因時，袁寒雲無奈地說：「或不甘居妾媵，或不甘處澹泊，或過縱而不羈，或過驕而無禮，故皆不能永以爲好焉。」把責任全部推到那些女性身上，倒也輕鬆省事。

袁靜雪說：「我二哥的荒淫生活，他的走馬燈式要姨奶奶以及一批女人和他先後姘居且不細說，只要看一看他後來在天津的一個時期的荒唐生活，也就足以說明問題了。他那時住在河北地緯路，卻在租界裡的國民飯店開了一個長期房間。他很少住在家裡，不是住在旅館裡，就是住在「班子」裡，有的時候連當時最低級的所謂「老媽堂」，他也同樣去住。有的時候他回到家裡，二嫂和那僅有的一個姨奶奶總忍不住要和他吵。他卻既不回嘴，也不辯解，只是哈哈地大笑起來，笑完了，揚長而去，仍然繼續過著他那荒唐的生活。」

有人曾撮和「近代女詞人第一人」的呂碧城與袁寒雲，才子才女，堪稱珠聯璧合。兩人也曾詩詞往來唱和不斷，據陳完的〈沁園春〉序中說：「昨與寒雲公子夜話，泛及近代詞流，公子甚讚旌德呂碧城女士，且言：『踰日當折柬邀女士與不慧飲集閒樓，留此人天一段韻事，爲他日詞苑掌故。』因以女士自刊《信芳集》見示。」可見袁寒雲還鑾欣賞呂碧城。鄭逸梅在《藝林散葉續編》中說，「……聞民初，費仲深（樹蔚）曾以袁克文（寒雲）徵求碧城意見，碧城微笑不答，是日亦提及，謂：『袁屬公子哥兒，只許在歡場中偎紅倚翠耳』」呂碧城心高意傲，擇偶條件極苛，即令袁寒雲才堪匹配，但極重女權，「矢以北宮之女自居」的呂碧城自難屈就作妾，因此議婚不成，是必然的。

西化前衛的呂碧城

袁寒雲一生可以用「貴公子，純文人」六個字來概括：他不必為衣食奔忙，一生都在追求一種任情任性的生活，他喜歡金石書法，集聯塡詞，冶遊嫖妓，粉墨登場，兼及了傳統文化和二十世紀初的新潮時尚，在享受上，也可以說是達到了極致。說袁寒雲是「名票」並非誇張，徐凌霄說他是「研音律，善崑腔之曲家」，「袍笏登場，能演能做之名演員」，他「度曲純雅，登場老道，有非老票所能及」者，競是度曲和登場兩擅的全才。袁靜雪說：「二哥還會唱一口好崑曲，最初他是唱小生的，在他戒煙以後，身體發胖，才改唱丑。他所擅長的劇目，有《卸甲封王》、《遊園驚夢》、《長生殿》等等。他還和京劇界的老藝人，如孫菊仙、程繼仙、蕭長華、程硯秋等人交往很密切，彼此之間的感情也很好。所以有的時候他也唱一下京劇裡的丑角，例如《審頭刺湯》裡的湯勤，在當時的京劇界中是很博得好評的。有一次，他回到北京，準備和陳德霖在新民大戲院合演《遊園驚夢》，這已經是我父親死了以後的事情了。大哥聽見了這個消息，認為他這是『玷辱家風』，就通知當時的員警總監薛松坪派員警準備把他關押起來。這時候，他就分派他的徒子、徒孫們把住戲院的前後門，不讓員警進來。薛松坪無法，親自來到戲院，勸他不要唱。他笑著說：『明天還有一場，唱完了，我就不唱了。』結果還是演唱完了才算甘休。」

袁寒雲另一大學問便是收藏，他拜師於近世藏書大家、版本目錄學家李盛鐸門，李盛鐸是梁啓超的岳父，翰林學士，學識淵博。在李盛鐸親授之下，這位袁公子「半載後，學大進，試舉一書，皆能淵源道其始末」。那時袁世凱還在位，袁寒雲有足夠的經濟來源，所以他致力於珍本名稀圖書收藏，特別求購宋元佳本尤多。據張涵銳《北京琉璃廠私乘》記載，由於袁寒雲這個神秘買家的參與，當時「宋版書籍，價值奇昂，而嗜此者乃風靡一時」，很短的時間，他便萃集宋元版名著百數，特築藏書樓曰「百宋書藏」，當宋版書增至兩百部時，又改樓名為「皕宋書藏」。宋版書到明代時已按頁論價，兩百種宋本，其價值顯然是不言而喻。袁寒雲收書時間並不長，然其聚書之速，藏書之精，令一般藏書家望塵莫及，直到他後來因經濟原因，出售善本收藏時，人們才得以窺得他的藏書風貌。由於他知書識源，所以他的藏品已經升值很多了，只可憐不少書上還鈐印著「與身俱存亡」的藏書朱跡。他對收藏情有獨鍾，除善本書籍外，舉凡銅、瓷、玉、石、書畫、古錢、金幣、郵票、香水瓶、古今中外的秘戲圖、光怪陸離的稀世珍品，無一不好。他爲自己陳列收藏的「一鑒樓」自做長聯，道是：「屈子騷，龍門史，孟德歌，子建賦，杜陵詩，稼軒詞，耐庵傳，實父曲，千古精靈，都供心賞；敬行鏡，攻胥鎖，東宮車，永始斝，梁王璽，宛仁錢，秦嘉印，晉卿匣，一囊珍秘，且與身俱。」足見他當時收藏之盛況。

一九三一年的正月，袁寒雲染上了猩紅熱病，與他半師半友的方地山來他天津寓所探望，在寒冷的冬天裡，袁寒雲拖著病弱的身體，面對每況愈下的生活，兩位聯壇的大家苦笑著以各自名字寫了個對聯：「大方大，大莫能容，但一味模糊不怕再來天大事；寒雲寒，寒眞徹骨，要百般忍耐才知自有歲寒心。」方地山後來加注：「辛未正月自與寒雲枯坐，戲爲此聯，渠欲買佳紙書之，乃弗果，

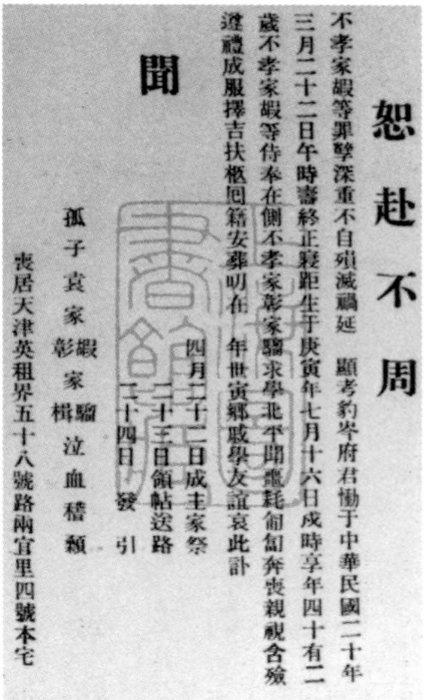
恕訃不周

不孝家嘏等罪孽深重不自殞滅禍延 顯考豹岑府君慟于中華民國二十年三月二十二日午時壽終正寢距生于庚寅年七月十六日戌時享年四十有二歲不孝家嘏等侍奉在側不孝家彰家騮求學北平即日聞耗匍匐奔喪親視含殮遵禮成服擇吉扶柩回籍安葬叨在 年世寅鄉戚學友誼哀此訃

聞

四月二十二日成主家祭
二十三日領帖送路
二十四日發引

孤子袁家嘏 家騮 家彰 棘泣血稽顙

喪居天津英租界五十八號路兩宜里四號本宅

袁寒雲喪事通告

可爲流涕。」幾天後，在猩紅熱沒徹底痊癒的情況下，寒雲又到青樓去吃花酒，舊病復發，因此辭世。袁靜雪說：「他有了錢，隨手用盡；沒有錢，卻絲毫不以爲意。他死了以後，只在他書桌上的筆筒裡找出了二十元錢。因此他的後事都是由他的徒弟們拿出錢來辦的。他的大徒弟楊子祥按著幫裡的『規矩』，給他披麻帶孝，主持一切，同時給他穿孝的徒子、徒孫們，……共不下四千人。開弔的時候，整日地哭聲不斷，還有很多妓女繫著白頭繩前來哭奠守靈。出殯的時候，除了天津的僧、道、尼以外，還有北京廣濟寺的和尚、雍和宮的喇嘛都進來送殯。從他的住處直到他的墓地——西沽，沿途搭了很多的祭棚，有各行各業的人分頭前來上祭。他的喪事，在當時是轟動一時的。」

據唐魯孫記載，當時「靈堂裡輓聯輓詩，層層疊疊，多到無法懸掛」。唐魯孫認爲最貼切也最出色是梁鴻志的：「窮巷魯朱家，遊俠聲名動三府；高門魏無忌，飲醇心事入重泉。」的輓聯。而陳誦洛的：「家國一淒然，誰使魏公子醇酒婦人以死？文章餘事耳，亦有李謫仙寶刀駿馬之風！」，亦稱佳構。另外鄧雲鄉說袁寒雲「不但出身特殊，而且學問也好，但其生平行事又頗海派，非遺老，亦非革命派，亦非純學者，多少沾點幫派邊，只是洋場名士耳」。寥寥數語更恰當地總結出袁寒雲的一生。

翩翩才子偏命薄

畢倚虹的傳奇

在二十世紀三〇年代，鴛鴦蝴蝶派小說在中國一直有著極為廣大的市場。當然它的興起，和近現代報刊的推波助瀾有著極大的關係。當時最有名的報紙——如《申報》、《新聞報》、《時報》、《世界晚報》、《世界日報》等——全部連載鴛鴦蝴蝶派小說。作為鴛鴦蝴蝶派的代表人物之一的王鈍根甚至還創辦了名為《禮拜六》的刊物，來刊登這些鴛鴦蝴蝶派小說，所以，後人也稱鴛鴦蝴蝶派小說為「禮拜六派」小說。

研究通俗小說著稱的學者范伯群對於它的興起，進一步說：「上海在成為大都市之前，是沒有多少文化底蘊的。但一旦成為一個工商大埠時，它就會面向全國大量吸收人才，特別是它能依託江、浙這兩個有著深厚文化積累的省份。因此在鴛鴦蝴蝶——「禮拜六」派中有不少蘇州籍、揚州籍和浙江籍的作者，但是這些作者如果沒有上海這樣一個大環境，既提供了他們新異的故事原料，又提供了他們出版的方便，他們也絕不能寫成和出版那些在通俗文學中能『傳世』的作品」。而這其中的佼佼者，正是「揚州才子」——畢倚虹。

有關畢倚虹的小傳，在蘇州星社（當時上海一些鴛鴦蝴蝶派文人所組成的文藝機構，主持人為趙眠雲、范煙橋）編印，一九二三年出版的《星光》上集中，畢倚虹的短篇小說〈離婚後的兒女〉之前，附有他的小傳，署名鄭逸梅所作。但據高伯雨（林熙）後來寫信問過鄭逸梅，鄭回信說是畢倚虹自己寫成交來的，他也知太過吹牛，不便出名，於是請鄭逸梅允許用他的名字發表。其中許多自我吹噓不實之處，後人不察，多加引用，今參考高文加以辯證。

畢倚虹，名振達，字幾庵，倚虹爲筆名，江蘇儀徵人。清光緒十八年壬辰六月初六日（一八九二年六月二十九日）生。其父名畢奎，字畏三，號遁庵。於清末任浙江省嵊縣及鎭海縣知事。辛亥革命後，移居上海，旋轉任浙江省印花稅處長、煙酒公賣局長。遂寄寓杭州。畢倚虹自幼聰慧過人，後隨父進京謀得法部的額外司員（根據《宣統三年搢紳錄》）。因受外務部員江蘇吳縣人陳恩梓賞識，適值陳恩梓被清廷任命爲駐爪哇泗水領事，乃把他奏調到外務部延攬其爲隨員（根據《宣統三年冬季職官錄》，是三等書記官），邀同赴泗水領事館供職。儘管陳恩梓是名小說家、報人包天笑的啓蒙恩師，包天笑對於陳恩梓是滿懷感激與愛戴的，他在晚年所著《釧影樓回憶錄》中曾說：「陳先生教我讀一本《詩品》，又教我讀一本《孝經》，是企望我將來成爲一詩人，又企望我成爲一篤行之士，我雖不成器，陳先生可知是有學行的人了。」但包天笑說陳恩梓是新加坡領事，還是不確的，當時新加坡的總領事是譚乾初（廣東順德人）。他們方道經滬上，正遇辛亥武昌起義，清室既倒，行程被迫中止。陳恩梓遂返蘇州原籍，畢倚虹則滯留申江。

南洋去不成，於是他留在上海讀書。當時滬上已辦有新學，爰考進中國公學就讀，學習法政，準備將來留學日本，步入仕途。這時他早已結婚生子了（長子畢慶昌生於一

小說家兼報人的畢倚虹

九一一年），據高伯雨猜測他結婚當在光緒三十四年與宣統元年，他十七、八歲時。夫人楊芬若係楊圻之女。楊圻字雲史，爲楊崇伊之子，曾參吳佩孚幕府。楊芬若的母親李道清，字味蘭，係李經方之女，李鴻章之孫女，因此畢倚虹是李鴻章的外孫婿。李道清工詩詞，著有《飲露詞》一卷（光緒二十二年刊本）。芬若家學淵源，亦喜吟詠，著有《綰春樓詩詞話》、《綰春詞》。畢倚虹選輯的《銷魂詞》，即以芬若之作殿後。

一九一四、一五年間，包天笑在《時報》編輯新聞之外，還編了《婦女時報》的雜誌，這雜誌以徵集婦女作品爲宗旨，當時能眞正提筆寫文章的女性極少，只有幾位能寫寫詩塡塡詞的名門閨秀，已算是鳳毛麟角了。其中有位署名楊芬若女士，投來詩詞，頗見風華。包天笑讚賞之餘，每稿必登。等到畢倚虹第一次來報社領取稿酬（書券）時，包天笑發現他才是眞正撰稿之人；復見其年方廿三、四歲，風度翩翩，談吐雋雅，文采飛揚，書法秀逸，極爲傾慕。言談間得悉畢倚虹之上司陳恩梓又是包天笑幼年的啓蒙老師，而包天笑的住宅亦在畢倚虹宿舍附近的慶祥里弄堂，兩人相見恨晚，自此訂交，過從甚密。

包天笑回憶道，辛亥革命以後，時報館的繁榮大不如前。本來在《時報》的諸編輯紛紛離社他就，或從政爲官，或轉入銀行，或致力教育，連重要的台柱陳景韓（冷血）也進了《申報》。這時老闆狄楚青也深感人才之缺乏。因此等到畢倚虹在中國公學畢業時，便竭誠延攬到《時報》社任編輯。這是畢倚虹一生的一個轉捩點。畢倚虹入《時報》社以後，包天笑先請他負責編輯外埠新聞和「餘興」副刊。畢倚虹每日除編輯新聞等稿件外，並全心全意致力於創作。先在「餘興」副刊上發表《清官詞》，文筆委婉，敘事詳盡，深受讀者喜愛。其後「餘興」停出，另闢「小時報」副刊，其中有「小論」一欄，專登二三百字的精闢文章，他和包天笑兩人輪流撰寫，包天笑署名「小生」，畢倚虹署名「小可」，文辭精練，言簡意深，極爲讀者所歡迎。

一九一七年一月，包天笑創辦《小說畫報》，畢倚虹以「春明逐客」的筆名，發表第一部長篇小說《十年回首》於其上。寫到二十一回，因《小說畫報》停刊而中途夭折。這部小說寫畢倚虹自一九〇六年投身社會至一九一六年十年間的生活經歷，只因他「身歷兩朝，目送滄桑，浮沉郎署，聞見博洽。鼎革以後，又能毅然決然地棄官而學，嘗那飯鐘課鈴的風味」。他說他寫這小說「不想酬恩抱怨，也不肯文過飾非。不過借著這副筆墨，吐一吐我這寂寞的情懷，落拓的身世罷了」。畢倚虹以廣博的見聞，眞摯的感情，清俊飄逸的筆致，贏得廣大讀者的喜愛。學者范伯群認爲畢倚虹這部長篇處女作，奠定了他在通俗文學領域中技高一籌的起點。

正當畢倚虹在《時報》社施展長才，發揮抱負之時，父親畢畏三卻一直認爲新聞乃是非之地，怕在筆墨上亂得罪人。因此有一次趁到上海和浙江籍紳商聯誼的機會，特地拜託包天笑做畢倚虹的工作，老人家提出十里洋場，易隳人志一番大道理，勸勉其脫離新聞界。畢倚虹爲了不違父命，遂採取變通辦法，既不放棄報社工作，又可照顧家庭，便每隔三數日返杭州一趟。儘管畢倚虹這樣安排，他的父親仍不滿意，終於替他謀得浙江蕭山沙田局長的職位。畢倚虹被迫只得忍痛脫離《時報》社。

也是報人及小說家的包天笑

不久，畢畏三病逝，他在杭州當浙江清理官產處處長，因受到軍閥捉弄，死後虧空公款甚巨，而畢家僅有的不動產是杭州湧金門外西湖湖堤上的一所房子，房子被充公還不足抵債。在當時社會裡，父債子還是「天公地道」的，於是畢倚虹被債主控告於杭州縣衙，但由於他的才名，故縣宰特予照顧，採取軟禁辦法，只是失去出外自由而已。當然他在《時報》的編輯職務也丟了，這是一九二一年下半年至一九二二年的事。畢倚虹陷身羈押之時，包天笑正在上海替大東書局主辦《星期週刊》，且頻頻向畢倚虹索稿，畢倚虹處此百無聊賴之際，正好撰寫文章遣興，來消磨時光。當時看守他的一個老兵，經歷曲折，見多識廣，畢倚虹和他唱酒閒聊，聽得許多離奇故事，成爲創作的素材，寫出多篇短篇小說，刊登在《星期週刊》上。其題爲〈青衣紅淚記〉、〈雪窖騎兵語〉、〈捕馬記〉、〈寫意朋友〉、〈崔將軍之妾〉、〈傀儡婚姻〉、〈雷下良心〉、〈貧兒院長〉、〈七個自殺的婦人〉、〈金屋啼痕〉、〈一星期的買辦〉、〈人造桃花水〉、〈名流牙慧〉、〈說苑拾零〉、〈惜露札記〉、〈蓴波榭雜話〉等小說和筆記，有時還刊出照片和插圖。這些短篇小說，後彙編爲《畢倚虹說集》問世。

畢倚虹碰上這場意外官司，後來經好友多人共同資助疏通，得以獲釋。但官司雖了，家已破了，財已盡了，房子早已充公，親屬亦且離散。這時畢倚虹與楊芬若更發生了婚變，這是畢倚虹最摧心的一件事。至於此事的來龍去脈，包天笑說：「要評論起來，當然是兩方面各有不是，可是現在死的已經死了，老的也已老了，何必再撬起那種不愉快的前因後果呢？」而據高伯雨說，婚變發生的原因，有兩說：一說畢倚虹居杭州清波門外一小樓時，戀一上海妓女，時時藉口往上海會友，輒經旬不返。日久楊芬若知道了，大生反感，但又沒有證據，當畢倚虹往滬幽會時，她獨居無侶，就常往第一台看戲消遣。其時杭州著名飯館聚豐園的少主人李鳳來，也常往第一台，偶見楊芬若，驚爲天人，便設法和她接近。不久兩人認識了，發生感情。是她爲了報復丈夫抑係獨居寂寞，外人不得而知，我們只知道每逢畢倚虹往上海「以文會友」，而李鳳來亦於此時爲「畢吏部」入幕之賓。畢倚虹所居小樓在湖濱，境絕清幽，甚少人跡，李鳳來安排好了計策，畢倚虹一往上海，到晚上七八點鐘，湖上已少遊人，伸手亦不見五指，此時正好幽會，李鳳來自槳小舟，搖到畢公館樓下，樓臨水，不高，已有白布一條，下垂水面，李鳳來四顧無人，遂攀援而上，如《聊齋》所記之偷桃人淩空也。另一說則是畢倚虹在監獄中數月，楊芬若時往第一台看戲而識李鳳來。兩說孰是，今亦無從得知。所知者就是畢倚虹因此事和她離婚，他們所養的五個孩子由畢倚虹照顧。

高伯雨又說：「此後二十年中，李鳳來與楊芬若都住在上海，一九六四年上海朋友來信，謂李鳳來年已七十餘，生活困難，每早在公園教太極拳，至於楊芬若下落如何，就不知了。我曾翻遍楊雲史的《江山萬里樓詩集》，從未發現他與女兒女婿的唱和之作，大概是他們婚變後，雲史編詩時，把以前凡有提到他們的作品都一律刪去，不留一些痕跡。而倚虹在其文字中，亦未見提到楊雲史。一九三九年楊雲史住香港，我和他見過幾次面，每次都想問此事的經過，就不敢提出。即使我大膽問及，他也不會答我的，因爲楊雲史爲人極愛面子，把離婚看作一件大不道德的事，女兒跟人跑了而致離婚，怎能向人說出其中底細呢？」

婚變之後，畢倚虹搬離傷心地，賃居杭州高家。高家主人高爾翰、高爾登兄弟財雄勢大。當時住在高家的還有位蘇州小姐名汪鳳珍，其父汪晴初也是蘇州名宿，不知怎的，汪鳳珍從小就寄居在高家。汪小姐能文詞，慕風雅，高家曾爲她找了一戶人家，但因對方不是風雅人士，汪鳳珍幾次拒絕。正在汪鳳珍婚姻失意之時，來了個翩翩才子畢倚虹，正合其意，於是兩人很快就相戀了。高伯雨說，一九二三年的《星期週刊》就載有畢倚虹與汪鳳珍同在湖上所拍的照片。他們相戀時，畢倚虹寫有〈湖上詞〉若干首，其中兩首爲：「四圍暝色下平山，人影零星塔影閒。手掇枯枝說憔悴，斜陽無賴一低鬟。」「十月湖波淺且清，娉婷雙鬢鑒分明。郎心莫漫春如水，划過蘭橈碧浪生。」此中有人，呼之欲出，稍知其事者，都知道這個人就是汪鳳珍了。

畢倚虹和汪鳳珍相戀後，將她改名爲「琫琤」。高伯雨說，一九二四年元旦那天他們結婚了。那天《晶報》的元旦特刊，主筆張丹斧有一賀聯云：「玉『琫』在懷，相『倚』爲樂；長『虹』飲澗，『琤』琮有聲。」他把「倚虹」與「琫琤」一對新人的名字分嵌在上下聯中，誠屬佳對；但「長虹飲澗」已經是繪影了，而「琤琮有聲」更進而繪聲。有人直呼這玩笑開得太超過了，於是張丹斧才另擬一聯送去禮堂，而把這一聯發表在《晶報》上。

包天笑說：「倚虹的一生吃虧，就是因爲『情慾』兩字所累。」又說：「上海在這個時候，正是吃花酒最盛行的時代，商業是吃花酒，宴友朋是吃花酒，甚而至謀革命的也是吃花酒，其他爲所愛的人而捧場的，更不必說了。即使不吃花酒而在什麼西菜館、中菜館請客，也要『叫局』，所謂叫局者，就是名妓侑酒的通稱。」

早已再度回到《時報》的畢倚虹，又周旋於鶯鶯燕燕的花叢中了。當時剛進入《時報》的金雄白，後來這麼回憶道：「通常他（畢倚虹）總要等晚間酬酢飲宴完畢，九時左右才匆匆而來，先把兩版的來稿略一過目，很少加以潤飾，隨看隨發，接著自己趕寫《小時報》報頭旁數百字一篇名爲『小言』的雜感，同時還要寫兩段長篇小說，一段是給《申報》副刊「自由談」用的《人間地獄》，一篇是《時報》用的《黑暗上海》。在編輯部中，我剛好與他在同一隻雙人寫字檯對坐，我自問下筆不算太慢，但看到他不加思索、爰筆立就之狀，就不能不自愧遠遠不及。那時的電話都是高懸在牆上的，而一間偌大的編輯部中，又只得一具。倚虹一到，就鈴聲不絕，泰半都自花叢打來，但聽見他以吳儂軟語相酬答，連聲地說：『啊！老三？噢，是老四！我就來，我就來』，幾乎每寫成一段稿，就得數度起身。有一天，他寫了一段不知以什麼爲題的『小言』，先伯父（案：《時報》總主筆金劍華）在發交排字房以前，取去先加核閱，因立意有問題，要他改題重寫，他於唯唯之後，又重新寫過了，而先伯父還是認爲不能滿意。那天他正好與其心上人有預約，給先伯父那樣地一再耽擱，延誤了他的幽期密約，面上就露出了很不高興的神氣，結果那天的『小言』題目，赫然是『今夕只可談風月』，但看題目，就顯然露出了抗議之意。」

畢倚虹的代表作《人間地獄》小說，從一九二二年一月五日起到一九二四年五月十日，有兩年多，曾連載於周瘦鵑主編的《申報》副刊「自由談」，後由上海自由雜誌社出版單行本時，共六十回五十三萬字。周瘦鵑爲其作序稱此書爲「妙在寫實，每寫一人，尤能曲寫其口吻行動，至於一一逼肖。掩卷一思，即覺其人躍然紙上，栩栩欲活。」論者謂：「清末民初的社會小說，除《孽海花》外，當推《人間地獄》，可首屈一指。」袁世凱之子袁克文（寒雲）對此書更推崇譽揚備至。他在《黑暗上海》一書的序文中寫道：「今世爲小說家言者眾矣。坊肆之間，汗牛充棟。其能與古人相頡頏者，鮮有見焉！昔余讀『春明逐客』之《十年回首》一書，輒歎爲非近代所易有，而嚮往其人。後於海上，與『逐客』以文字相過從，始知『逐客』即余十五年前故人畢遁庵先生之哲嗣，親家方地山師之表

筆名「朱子家」的報人金雄白

甥，合肥李伯行太姻伯之外孫婿也。姻誼淵源，交益親密。比者，『逐客』又草兩說部。一曰：《人間地獄》，多述其經行事，間及交遊嘉話，其結構衍敘，有《儒林外史》、《品花寶鑒》、《紅樓夢》、《花月痕》四書之長。一曰：《黑暗上海》，則是海上近時之罪惡史也。可與李伯元之《官場現形記》，吳趼人之《二十年目睹之怪現狀》並傳。視之《十年回首》，益精健矣。」

《人間地獄》小說「以海上倡家爲背景，以三五名士爲線索」串連起一個上海的廣闊的社會，所以畢倚虹自己認爲這是一部社會小說。據包天笑說，畢倚虹初次到上海時，經常參加朋友的「吃花酒」聚會，因蘇曼殊之故，而結識了一位令他心儀的青樓女子樂第，彼姝活潑嬌憨，頰現梨窩，瞳如點漆，楚楚動人，且身世經歷異常曲折突兀。後因畢倚虹一度離開上海，終使樂第另有新歡，令他痛苦不已。後來留居上海，寂居杭州的妻子，耐不住寂寞，經不起一菜館小老闆的誘惑，向倚虹提出離婚要求，最後竟然撇下眾子女離家出走，使倚虹大受打擊。於是他據此寫下《人間地獄》。書中女主人公名「秋波」者，即影射樂第。而「柯蓮孫」，是「可憐生」三字的諧音，指他自己。還有同儕輩如包天笑、姚鍚鈞、葉楚傖、蘇曼殊等，都寫了進去，所以有自傳的性質。該書雖爲舊日上海文人所稱譽，但其實它的結構鬆散，沒有組織，還是難登名著之堂。金雄白就說：「他自己所寫的長篇小說，在下筆之前，既不構想未來的佈局，對前文也且無暇翻閱，急就成章的結果，有時會脫節而不相銜接。他自己卻又明知故犯，只以酬酢過繁，情網牽纏，晚間正是他最緊張的時候，也是與素心人繾綣最好的時候，這樣就往往寫完了所需的字數，擲筆而起，將原稿往我面前一送，口中連說『費心，費心！拜託，拜託！』又急急地一溜煙走了。他的所謂『費心，拜託』，就是要我爲他代對前文，如有謬誤，幫他增刪。」倒是全書採章回體，由於他才情之佳與詞華之美，故任何一個回目，便都成兩聯絕妙的詩句。

金雄白又說畢倚虹筆耕所入，自難支持他的纏頭所費。於是他除了鬻稿以外，因他是學法政的，又以「畢振達」掛牌執行律師職務。他經辦的案件本來就並不太多，尤其糟糕的一次，是他經辦南市地方法院的一起命案，他是被告辯護人，而在第一審中被告被判處死刑，不服而上訴到蘇州的高院，其家屬蒐羅了不少可以證明其無辜的證據，彙交畢倚虹，藉此本有平反之望。到高院開庭的時候，辯護人必須由滬搭車赴蘇，而畢倚虹在車上以心有旁騖，到站匆遽下車，竟然把藏有全案卷宗的公事包忘得一乾二淨，迨經發覺，車已遠駛，沿途追查，終難珠還合浦。這樣一起性命攸關的案件，卒以缺乏有力佐證而宣告維持原判。被告的家屬當然不肯善罷干休，風聲四播，更影響到他的業務，畢倚虹也因受此刺激，對律師的業務更意興闌珊了。

高伯雨說，畢倚虹當時在上海可算是文壇「紅人」，因爲他擁有許多報紙的地盤，他還是《晶報》的特約撰稿人，每期至少一篇，而他往往以此罵人，被罵的人因爲沒有地盤可以回罵，因此陸澹盦、朱大可、施濟群、孫玉聲等十人集資在一九二三年十月十八日創辦一個三日刊小報名叫《金剛鑽報》，以金剛鑽可以剋「晶」之謂也。果然，《金剛鑽報》第一號出版，就猛烈向《晶報》進攻，寫《晶報》主人余大雄爲蹩腳編輯，畢倚虹爲蹩腳律師。畢倚虹馬上還擊，寫《金剛鑽報》的編輯施濟群爲「腳編輯」，因爲他曾賣腳氣丸爲生。後來《金剛鑽報》又派陸澹盦出馬，罵畢倚虹從前閨房私事及新近結婚的太太，文中以西門慶影射畢倚虹，以其住在西門恆慶里之故。雙方的筆戰足足打了七個月，有一次畢倚虹向法院控訴《金剛鑽報》主編陸澹盦毀謗名譽，公然侮辱，法院傳陸到庭，陸否認他是主編。結果法官勸雙方不要多事，庭外和解。

畢倚虹和汪琫琤結婚後，倆人倒也恩恩愛愛，然而婚後不到十個月，汪琫琤又因產後失調，一病而死，年僅二十有二。畢倚虹傷心欲絕，在〈十月姻緣記〉中深情寫道：「朋儕中多謂我能達觀，今茲琫琤之喪，余竟不能自持。蓋棺之夜，余竟哭暈，冥然倒地不自覺，比延，益痛澈心脾。乃知悲來塡膺，淚不擇地而流，情愛夫妻，捨淚又無以相報。雖然熱淚盈升，已不能回吾琫琤之魄，和淚寫此，正不知將何以報琤。擲筆一歎，但有涕」。在壽聖庵設奠之日，海上文人所致的輓聯頗不少，其中包天笑輓聯云：「萬轉千迴，寧爲才子婦；廿年一夢，蛻此女兒身。」王蘊章輓聯云：「綺夢圓鷗波，搖落驚秋，紅葉新題添恨草；玉塵霏鳳紙，自然好學，碧城仙眷認簪花。」雖是如此，但在汪瑋琤死後還未滿百日，畢倚虹卻已迫不及待，和一位學產科的繆世珍女子結婚了。

一九二五年六月六日，畢倚虹創辦一份介於日報和月刊、半月刊之間的新型畫報，每三日出刊一次，圖文並茂，剛柔兼濟，刊名定爲《上海畫報》。其後有張光宇辦了一個《三日畫報》，還有聞野鶴也辦了《中國畫報》等等，從而掀起上海辦畫報的高潮。上海之有畫報，實肇端於畢倚虹，此功誠不可沒也。

《上海畫報》創刊之時，適逢「五卅」慘案爆發，因此畢倚虹抓住這個新聞焦點，在第一期上就發表了親筆撰寫的〈滬潮中我之歷險記〉，並刊發「心心攝」的〈淒涼之南京路〉、〈學生大遊行〉等現場照片五幅。

在接下去的幾期中，還連續對「五卅」作了跟蹤報導，還刊登了大量外地市民甚至國外華僑支援上海人民的消息和圖片，並對聖約翰大學爆發的學生風潮和「商務」、「中華」的罷工潮都作了及時報導。因此周瘦鵑當時就著文贊道：「五卅慘案初發之後，老閘捕房門前之槍

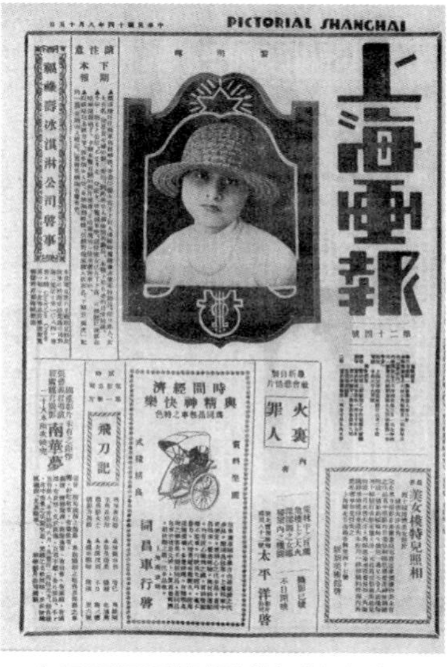

一九二五年畢倚虹創辦《上海畫報》

聲血影，似猶縈繞吾人耳目間，租界中商店罷市，情勢極緊張，不意白幟招展，揭貼紛飛中，而《上海畫報》奮然崛起，如春雷之乍發，如奇葩之初胎，吾人驚魂稍定，耳目爲之一新，倚虹之毅力，有足多者。」可見，畢倚虹能適時掌握獨家新聞，對事變作了圖文並茂的報導，充分發揮畫報的優勢，打了一個漂亮的戰役，爲其以後成爲三日刊畫報之鼻祖奠定了基礎。

對《上海畫報》多有研究的學者張偉說，畢倚虹身體本來就羸弱，畫報的創辦經營耗去了他太多的精力，朋友們的離去對他又是一個打擊，慢慢他感到了力不從心，病倒在床。一九二六年歲首，畢倚虹勉力支撐身體，在病榻上寫了〈余之新年回顧談〉一文。他充滿感情地回顧了自己艱苦創業的歷程，又十分傷感地談到了自己的病情。爲了讀者的利益，爲了畫報的更好發展，他以快刀斬亂麻的意志，明確表示：「余乃於最短期間，決心以簡單條件，讓渡有實力者，繼續管理此《上海畫報》。凡吾今日感受痛苦諸點，後來者或能一一改良，如吾之最初希望，則余雖負報而終不負報，雖負讀者而終不負讀者。」在畢倚虹的堅持下，畫報很快找到了新東家：四合公司，並聘請周瘦鵑出任總經理，由錢芥塵具體負責編務。安排好這一切，畢倚虹心頭一塊石頭落地，他安然告別了這個他留戀的世界，時在一九二六年五月十五日。命薄的畢倚虹得年只有三十五歲。

關於畢倚虹之死，包天笑說：「實在說，在他重進《時報》的時候，已經有病在身了。那有好幾個原因：他已經是一貧如洗的人，但人是總想生活下去的，離婚妻楊芬若把七個兒女（四男三女）扔給了他，飄然而去，他不能不對這些孩子們負教養之責。於是只好賣文為活，因此除《時報》外，在《申報》寫長篇小說《人間地獄》，在《晶報》寫小品文，此外東搭西搭的也不少。試想一人的精力有限，而況是個多病之身。再則無庸諱言，他是一個翩翩佳公子，出入花叢，情侶太多，未免斲喪過甚。有人說，他這種患肺病的人，性慾是強盛的。況且自第二夫人汪女士逝世後，又汲汲娶了第三夫人繆女士，燕爾新婚，又人情所應有的義務，如此煎迫，安能不病呢？」對此高伯雨有所補充，他說畢倚虹在生命的最後時光，還是無法戒色。某日，往訪報界前輩孫東吳，見到曾經在韓莊（上海法租界下等妓院）有過春宵一度的阿根，畢倚虹心旌搖動，不能自已，竟邀約到當時中國人辦的剛開幕不久的第一流新型旅館——遠東飯店，去開房間。歡娛過後，過了兩天，忽然病勢大變，咯血不止，終至藥石罔效，撒手人寰。

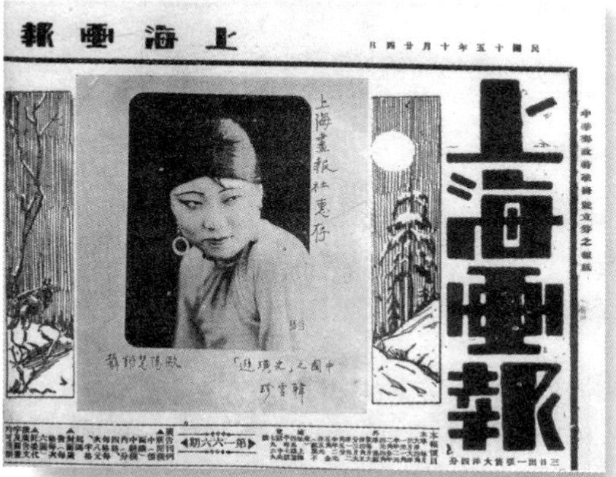

《上海畫報》刊頭

畢倚虹之逝，袁寒雲曾有〈哭倚虹〉二首曰：「放眼人間皆地獄，幾回嘔血泣哀紘。可憐初結鴛鴦侶，一瞥東風夢不圓。」「芳燒瑱折古難全，慧業匆匆感逝煙。一語江都眞悟徹，不才乃得永天年。」

畢倚虹去世後，同人等組織「倚虹遺孤教育扶助會」，由包天笑等發起，主要成員有包天笑、周瘦鵑、陳蝶仙、陳定山、余大雄、常覺等。由包天笑撫育四子慶杭，陳蝶仙負責了其二子慶康。畢倚虹共有子、女各四人，長子畢慶昌，地質專家，於抗戰勝利後，隨陳儀接收台灣，任台灣地質調查所所長、台灣大學教授等職。次子畢慶康，先在南洋經商，嗣定居泰國曼谷，經營航運業。三子畢慶芳，於一九三二年在江蘇省立揚州中學高中畢業，參加革命後，改名爲畢季龍，於一九七九年起出任聯合國副秘書長，歷時六年。四子畢慶杭，參加革命後，改名畢朔望，曾在新聞、外交、文教諸界服務，後任中國作家協會書記處書記，還是著名的翻譯家。可說是俱能光前裕後，克紹箕裘了。

兩情一命永相憐

張伯駒與潘素

說到張伯駒人們馬上想到「民國四公子」，他和末代皇帝溥儀的族兄溥侗、袁世凱的次子袁克文、奉系軍閥張作霖之子張學良，並稱「四公子」。又和袁克文並稱「中州二雲」，所謂「中州更有雙詞客，粉墨登場號二雲」。他號「叢碧主人」、「凍雲樓主」，而袁克文號「寒雲主人」。袁克文傳世的作品有《洹上詞》（包括《寒雲詞》、《豹龕詩餘》、《庚申詞》），共近兩百首；而張伯駒的詞集（包括《叢碧詞》、《春遊詞》、《秦遊詞》、《霧中詞》、《無名詞》、《續斷詞》），共有九百餘首。除詩詞學家而外，張伯駒還集收藏鑒賞家、書畫家、京劇藝術研究者於一身。國畫大師劉海粟曾說：「他是當代文化高原上的一座峻峰。從他那廣袤的心胸湧出四條河流，那便是書畫鑒藏、詩詞、戲曲和書法。四種姊妹藝術互相溝通，又各具性格，堪稱京華老名士，藝苑眞學人。」

張伯駒生於一八九七年，字叢碧，河南項城人。從小過繼給伯父張鎭芳，張鎭芳是光緒三十年進士，袁世凱哥哥的內弟，歷任長蘆鹽運使、直隸按察使等職。中華民國成立後曾任河南都督，但因鎭壓白朗起義不力而被免職。一九一五年袁世凱稱帝，他作爲籌畫者之一，組織更變國體全國請願聯合會，任該會副會長和登基大典籌備處副處長。一九一七年張勳復辟，他又參與其中，任內閣議政大臣，爲此獲罪下獄。出獄後便離開政界，全力投身於金融事業，擔任鹽業銀行經理和董事長等職。張伯駒自幼天性聰慧，七歲入私塾，九歲能寫詩，享有「神童」之譽。曾與袁世凱的幾個兒子同在英國人辦的一所書院讀書。畢業後，張伯駒進入袁世凱的陸軍混成模範團騎兵科受訓，其後在軍閥曹錕、吳佩孚、張作霖等部任職，曾任過提調參議。但他從內心厭倦軍隊生活，認爲當軍人是一種恥辱，便不顧雙親和眾人的反對，毅然退出軍界。此後，他把興趣轉移到讀書、陶冶性情的文化藝術活動之中，他利用自家的優越條件，在家藏的古典文史書中找到一方馳騁的天地。他樂於和文人雅士們交往，經常和他們一起聚會，一起歌吟暢詠，塡詞作畫。他學唱京劇並登台演出，鑒賞並收藏古董墨寶，開展各種文化藝術活動。

張伯駒雖集收藏鑒賞家、書畫家、京劇藝術研究者於一身，但他首先是個詞人，而這也是他最爲看重的。他曾經鄭重其事地告訴名作家章詒和說：「文物，有錢則可到手；若少眼力，可請人幫忙。而詩，完全要靠自己。」由此可見一斑。張伯駒從三十歲開始寫詞，寫作時間長達五十五年，學者姚平認爲他是當代最重要的詞人之一，除沈祖棻等人外，罕有其匹，一時有南沈北張、雙峰並峙之譽。其詞作情深意厚，天趣盎然，被譽爲詞人之詞。周汝昌先生在〈張伯駒先生詞集序〉中這麼讚道：「伯駒先生的詞，風致高而不俗，氣味醇而不薄之外，更得一『整』字，何謂整，本是人

《張伯駒詞集》

「四大公子」之一的張伯駒

工塡作也，而竟似天成；非無一二草率也，然終無敗筆。此蓋天賦與功力，至厚至深，故非扭捏堆垛，敗闕百出者所能望其萬一。如以古人爲比，則李後主、晏小山、柳三變、秦少游，以及清代之成容若，庶乎近之。這種比擬，是論人之氣質，詞之風調，而不涉乎其人的身分經歷之異同……古往今來，倚聲塡句者豈止萬千，而詞人之詞屈指可數。以是義而衡量先生之詞，然後可以不必尋章而摘句矣。」

張伯駒的詞中寫情的不少，但他不同於表哥袁寒雲的豔情之詞是寫給無數的歡場女子的，張伯駒的情詞幾乎只寫給一位女性，那就是後來成爲他的終身伴侶的潘素。潘素原名潘白琴，一九一五年生，蘇州人氏，乃前清著名的狀元宰相潘世恩的後代，當年家世十分顯赫，父輩起遷居上海，其父潘智合卻是個紈袴子弟，很快把家產揮霍一空。其母沈桂香亦出自名門，從小爲潘素聘請名師，促其工女紅、習音律、學繪畫。在她十三歲時，母親病逝，繼母王氏給她一張琴，將她賣入歡笑場所。張伯駒的好友孫曜東這麼回憶：「潘素女士，大家又稱她爲潘妃，蘇州人，彈得一手好琵琶，曾在上海西藏路汕頭路路口『張幟迎客』。初來上海時大字認不了幾個，但人出落得秀氣，談吐不俗，受

『蘇州片子』的影響，也能揮筆成畫，於是在五方雜處、無奇不有的上海灘，曾大紅大紫過。依我看，張伯駒與潘素結爲伉儷，也是天作一對，因爲潘素身上也存在著一大堆不可理解的『矛盾性』，也是位『大怪』之人。那時的『花界』似乎也有『分工』，像含香老五、吳嫣等人，接的客多爲官場上的人，而潘妃的客人多爲上海白相的二等流氓。紅火的時候天天有人到她家『擺譜兒』，吃『花酒』，客人們正在打牌或者吃酒，她照樣可以出堂差，且應接不暇。那時有些男人喜歡『紋身』，多爲黑社會的人，而潘妃的手臂上也刺有一朵花……最終她的『內秀』被張伯駒開發了出來。」

其時張伯駒早已有妻室了，孫曜東說：「張伯駒早年曾有過兩位太太，一位是封建家庭父母給作主的，一位開頭關係還好，由於志趣不同，日久也就乏味了。」但實際上是有三房妻室，元配夫人李氏、二夫人鄧氏皆不能生養，在「無後爲大」之下，又有三夫人王韻香。孫曜東又說：「張伯駒在鹽業銀行任總稽核，實際上並不管多少事，整日埋頭於他的書畫收藏和京劇、詩詞，每年到上海分行查帳兩次，來上海就先找我。其實查帳也是做做樣子的，他來上海只是玩玩而已。既然來玩，也時而走走『花界』，結果就撞上了潘妃，兩人英雄識英雄，怪人愛怪人，一發而不可收，雙雙墜入愛河。張伯駒第一次見到潘妃，就驚爲天女下凡，才情大發，提筆就是一副對聯：『潘步掌中輕，十步香塵生羅襪；妃彈塞上曲，千秋胡語入琵琶。』不僅把『潘妃』兩個字都嵌進去了，而

美女畫家——潘素

且把潘妃比做漢朝的王昭君出塞，把她擅彈琵琶的特點也概括進去了，聞者無不擊掌歡呼。可是問題並非那麼簡單，潘妃已經名花有主，成爲國民黨的一個叫臧卓的中將的囊中之物，而且兩人已經到了談婚論嫁的程度，誰知半路殺出了個張伯駒。潘妃此時改口，決定跟定張伯駒，而臧卓豈肯甘休？於是臧把潘妃『軟禁』了起來，在西藏路漢口路的一品香酒店租了間房把她關在裡面，不許露面。潘妃無奈，每天只以淚洗面。而張伯駒此時心慌意亂，因他在上海人生地不熟，對手又是個國民黨中將，硬來怕惹出大亂子，他只好又來找我。那天晚上已經十點了，他一臉無奈，對我說：『老弟，請你幫我個忙。』他把事情一說，我大吃一驚，問他：『人現在在哪？』他說：『還在一品香。』我說：『你準備怎麼辦？』他說：『把她接出來！』我那時候年輕氣盛，爲朋友敢於兩肋插刀。趁天黑我開出一輛車帶著伯駒，先到靜安寺路上的靜安別墅租了一套房子，說是先租一個月，因爲那兒基本都是上海灘大老爺們的「小公館」，來往人很雜，不容易暴露。然後驅車來一品香，買通了臧卓的衛兵，知道臧不在房內，急急衝進去，潘妃已哭得兩眼桃子似的。兩人顧不上說話，趕快走人。我驅車把他倆送到靜安別墅，對他們說：『我走了，明天再說。』其實明天的事伯駒自己就有主張了：趕快回到北方，就算沒事了。」

張伯駒在晚年所寫的〈瑞鷓鴣〉：「姑蘇開遍碧桃時，邂逅河陽女畫師，紅豆江南留夢影，白蘋風末唱秋詞。除非宿草難爲友，那更名花願作姬，只笑三郎年已老，華清池水恨流脂。」即是追憶他與潘素情定三生的情景，而婚後在張伯駒的大力栽培之下（孫曜東所謂的「內秀」被張伯駒開發了出來），潘素成爲著名的青綠山水畫家。（章詒和年輕時跟潘素學過畫。她說她的「潘姨」師從祁井西、陶心如，以山水見長，又能融合西法，章法疏密得宜，筆墨端凝勁爽，設色明潔素雅，雖有一點閨閣氣，但總體感覺並不薄弱。）於此詞中，我們不難體味張伯駒對這份得來不易的良緣的慶幸、滿意乃至略含歉意。張伯駒在婚後曾偕潘素登峨嵋山頂，寫下：「相攜翠袖，萬里看山來。雲鬟整，風鬟豔，兩眉開，淨如揩。」人景合一的情境。而每逢佳節良辰，無論七夕或中秋，張伯駒總有詞作贈與潘素。尤其是每年元宵適逢潘素生日，張伯駒往往顯得特別動情，他寫下〈水調歌頭・元宵日鄧尉看梅花〉詞云：「明月一年好，始見此宵圓。人間不照離別，只是照歡顏。侍婢梅花萬樹，杯酒五湖千頃，天地敞華宴。主客我與汝，歌嘯坐花間。當時事，浮雲去，尚依然。年少一雙璧玉，人望若神仙。經慣桑田滄海，踏遍千山萬水，壯采入毫端。白眼看人世，梁孟日隨肩。」張伯駒與潘素宛如「梁鴻與孟光」，他們不但「舉案齊眉」，而且要「日隨肩」，這眞是令人「只羨鴛鴦不羨仙」了。還有「白首齊眉幾上元，金吾不禁有晴天。年年長願如今夜，明月隨人一樣圓。」「齊眉對月，交杯換盞，猶似當年。紅塵世上，百年餘幾，莫負嬋娟。」「白頭猶覺似青春，共進交杯酒一巡。喜是團圓今夜月，年年偏照有情人。」

而在兩人結褵四十年後，年近八旬的張伯駒當時在西安女兒家小住，與老妻暫別，仍然一往情深地寫下深情款款的〈鵲橋仙〉送給潘素，詞云：「不求蛛巧，長安鳩拙，何羨神仙同度。百年夫婦百年恩，縱滄海，石塡難數。白頭共詠，黛眉重畫，柳暗花明有路。兩情一命永相憐，從未解，秦朝暮楚。」

而一九四一年六月初，張伯駒在上海遭人綁架，轟動滬上。當天張伯駒接到一個電話，說是有一位朋友從北京來上海，清早坐船抵達外灘碼頭，要他去接客。於是他就坐上那輛牌號爲六〇一〇的小車，打算先去接朋友，然後再到銀行上班。車剛出培福里弄口，突然從旁邊衝出三人攔車。說是遲那時快，三人忽地拔出槍來，躍登上車，一把拉開車門，將司機老孔拖下車來，其中一匪坐進駕駛座裡，二匪在後排，一左一右，將張伯駒挾持在中，車子急馳而去。潘素聞訊之下，一時之間目瞪口呆。她一面向銀行報告，一面打電話給與張家關係極密的孫曜東，託他全力營救。孫家與張家爲世交，孫家在京津等地勢力之雄厚，比張家有過之而無不及，孫曜東的曾祖父孫家鼐，官至清廷工部、禮部、吏部尚書等職，張伯駒的父親張鎮芳還是他的學生。此時孫曜東已經「落水」，任上海復興銀行行長，又兼任周佛海的秘書，故在黑白兩道都很兜得轉。中午時分，法租界巡捕在巨鹿路的一條弄堂裡，找到了張伯駒的車子，但裡面空空如也，張下落不明。第二天，上海《申報》刊登了消息，稱張伯駒被綁架，下落不明，但不敢明言是汪僞特務所爲。據孫曜東的回憶，這次綁架主要籌畫者，乃是鹽業銀行內部的高級職員李祖萊，後台是汪僞政府七十六號特工總部。這李祖萊是紈袴子弟，雖在鹽業銀行工作有年，但總經理吳鼎昌卻認爲他人靠不住，且與汪僞勾搭，弄不好，成事不足敗事有餘。所以派張伯駒來上海擔任經理，由會計科長陳鶴孫和文牘科長白壽芝輔佐他，這使得李祖萊盼望調升的如意算盤落空，他也因之懷恨在心。於是經過一番密謀後，李祖萊打電話給汪僞七十六號總部的行動隊長吳四寶，他告訴吳四寶，張伯駒家隨便翻出一件古董，就值一幢洋樓，這瘦死的駱駝比馬大，張伯駒現錢沒有，可在天津的房產起碼幾百萬，還有股票二十多萬。不管是日本人爲奪寶而出此下策，還是李某爲出一口惡氣，或許兩者兼而有之，反正，張伯駒就這樣被汪僞特務綁架了。第二天，潘素在家接到綁匪的電話，勒索贖金二百萬，言明一分都不能少，否則的話就撕票。潘素親自趕到孫曜東家中，無論如何要孫設法幫忙。

孫曜東的靠山是周佛海，他有了周佛海這把「尙方寶劍」，便直接與七十六號的頭子李士群聯繫，要他放人。孫答應，不會讓「兄弟們」太吃虧的，願出二十根大條了結。李士群已經接到過周佛海的電話，便答應一定幫忙。就在這時，有消息傳來，張伯駒已經被轉移到浦東僞軍林之江部，關在一戶農民的家裡，原來綁匪已先行一步，知道由孫曜東插手，周佛海出面干預，恐怕拿不到什麼錢了，乾脆作人情送給林之江。林有飛來橫財，樂得接受。這樣又旁生枝節，孫曜東再與林之江部聯繫釋放張伯駒的事，孫願踐前約，照樣送二十根大條，林一口答應。這一切，張伯駒都蒙在鼓裡，不知結果如何，只得聽天由命。好在看管的人尙和氣，平時稱他「張先生」，吃的也不差。他過日子一向隨意，吃也很不講究。這樣關了一段時間，人倒比先前還胖了些，就是心裡不踏實，度日如年。有一天，張伯駒吃完早飯，悶坐了一會兒，倒頭在床上小睡，居然迷迷糊糊睡著了。醒來，已過了晌午時分。張很奇怪，怎麼午飯還沒送來，外間靜悄悄的，一絲聲音都沒有，他大叫幾聲，也不見回聲。摸出去一看，人蹤全無，他也不敢多想，一口氣跑了出去，自己解放了自己。張伯駒回家後，因驚嚇過度，住了一段時間的醫院。出院後不久，張伯駒回到天津，他發誓，這輩子再也不願來上海，此後果然，一直到一九八二年張伯駒病逝，他再未來過上海。

有一說是綁架者明顯是衝著張伯駒的錢財來的，但張家的錢其實大部分都變成了那些珍貴的字畫了，最簡單可行的辦法是變賣字畫，拿錢贖人。潘素後來設法去看了張伯駒一次，丈夫卻偷偷告訴她，家裡那些字畫千萬不能動，尤其那幅《平復帖》！張伯駒與潘素唯一的女兒張傳彩晚年回憶說：「父親說，這是我的命，我死了不要緊，這個字畫要留下來，他說不要以爲賣掉字畫換錢來贖我，這樣的話，我不出去。」如是僵持了近八個月，張伯駒寧可冒著隨時被「撕票」的危險，卻始終不肯答應變賣一件藏品。直到綁匪妥協，將贖金從二百萬降到四十萬，潘素與張家人多方籌借，才將張伯駒救出。

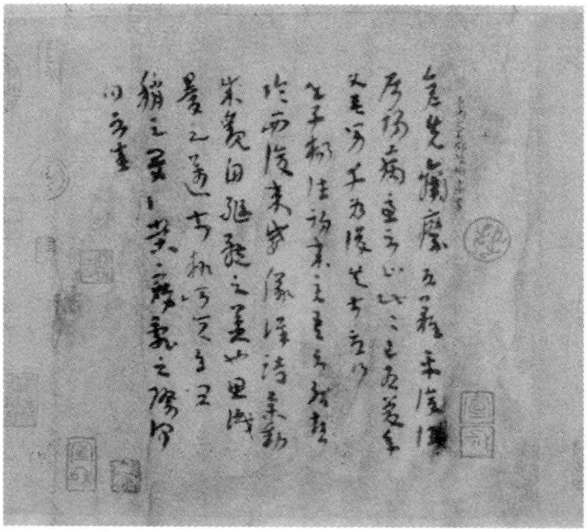

陸機《平復帖》

展子虔《遊春圖》

張伯駒從三十歲（一九二七年）起開始收藏名畫墨蹟，至六十歲（一九五七年）前後整整三十年。經過他手蓄藏的書畫名跡見諸其著作《叢碧書畫錄》者，便有一百一十八件之多。其中以西晉陸機的《平復帖》和隋代展子虔的一封信牘，因其中有「恐難平復」的字樣，所以通稱爲《平復帖》，它是中國現存最古的《遊春圖》最爲珍貴。《平復帖》是西晉文學家、書法家陸機（二六一～三〇三）所書的一件名人墨跡，歷朝歷代都奉爲至寶。宋徽宗親自金書標題：「晉陸機平復帖」，信札卷後又有董其昌、溥偉、傅增湘等人的跋文。到了清代中期，雍正的皇后、乾隆的生母聖憲皇后，將此帖贈給成親王永瑆，後來又歸到恭王府奕訢手裡，而奕訢就是溥儒（心畬）的爺爺。張伯駒寫於一九八一年的〈滄桑幾度平復帖〉一文中說：「盧溝橋事變前一年，也就是一九三六年，我在上海，聞溥心畬所藏唐韓幹《照夜白圖》被上海古董商買去，準備賣往國外。當時宋哲元主政北平，我急急給他去信，談到這張畫的重要價值，希望他過問此事，不要使之流出國外。誰知當宋哲元接到我信時，此畫已被人帶走，轉賣英國。這使我非常擔憂，深怕《平復帖》再被古董商盜賣外國。所以急忙託閱古齋韓博文先生到溥心畬先生家商量，希望此帖不要再流出國外，並表示我願意出價收藏。但溥先生表示：當時不需要錢，如果實在要買，需出價二十萬大洋。這我是拿不出的，不過我也算是備下一案，以免此件流出國外。第二年，一九三七年，葉恭綽在上海舉辦『上海文獻展覽會』。我又託張大千到北平致意溥心畬，表示願意出六萬元大洋收《平復帖》。但溥先生仍執意要二十萬元，因而未成。到這年夏天，我從上海來北京，因盧溝橋事變爆發，我暫時回不了上海，只好往來於平津之間。到一九三七年末，過春節前，我聽到溥心畬因母喪，需款正急。在這急景殘年之際，由傅增湘先生（曾任北洋政府的教育部長）做中人，我以四萬元大洋將《平復帖》收來。當時，有個叫白堅甫的古董掮客，爲日本人盜賣了大量中國的珍貴文物，如顏眞卿手書《告身帖》，就是他賣給日本人的。日本人聞《平復帖》落入我手之後，便委託白某以三十萬元大洋的價格到我處收買此帖。這是我們祖國的珍寶，我怎能做見利忘義的事呢？因而被我堅決拒絕了。從那以後，我在北京蟄居四年，深居簡出，保護此帖。以後，又同我妻潘素從北平去西安，把《平復帖》縫藏在衣被中。經過多少跋涉、離亂，我都如性命一樣地寶藏此帖。一九四五年秋，日本投降後，我攜帶我珍藏的所有書畫回京。」

張伯駒又說：「一九五六年初，北京市人民政府動員購買公債，當時邀我出席。我在會上表示，願把珍藏的文物出售國家，以所得款項購買公債，國家文物局當時對我藏的《平復帖》等作價二十萬元左右。我同室人潘素商量結果，認爲以文物錢買公債，不如將收藏捐獻給黨和國家。於是我們將西晉陸機書《平復帖》，唐杜牧書《張好好詩》，宋范仲淹書《道服贊》，宋蔡襄書《自書詩冊》，宋黃庭堅書《諸上座帖》，宋吳琚雜書《詩帖》，元趙孟頫章草《千字文》等眞跡珍品獻給了國家。以上諸件，現均藏故宮博物院。當時，我給毛主席寫一報告，交當時的中央統戰部長徐冰同志上呈。同時，把另一件珍品唐李白的《上陽台帖》贈給毛主席。聽說此件現在也存故宮博物院。每憶及《平復帖》等珍藏歸於國家，我總是百感交集。自古以來，有的收藏家生前藏品即散，有的藏品散之於子孫；特別是災亂兵劫，損失甚重；有些人的藏品還流失到國外。我從三十歲起就好收藏古書畫，畢一生之精力，未有損壞和流出到國外。現在能完整地保藏在國家的國庫中作爲國寶，饗我後人，實爲我最大的欣慰。」

隋代大畫家展子虔所繪的《遊春圖》，距今一千四百多年，被認爲是中國現存最早的一幅畫作。民國年間被末代皇帝溥儀帶出紫禁城，一九三〇年代初，溥儀到東北當僞滿皇帝時，帶去一千二百餘件故宮大內的珍貴文物，《遊春圖》也在其中。抗戰勝利後，溥儀在機場被蘇聯紅軍俘虜，留在長春僞宮小白樓裡的文物，成了守宮「國兵」劫掠的對象。一九四六年，北平古玩界傳出消息：琉璃廠一位叫馬霽川的老板正爲一幅古畫尋找買主，這幅古畫正是稀世珍寶《遊春圖》。張伯駒原本建議故宮博物院出面買下，並表示如果經費不夠，自己「願代周轉」，但故宮方面仍未有回應，無

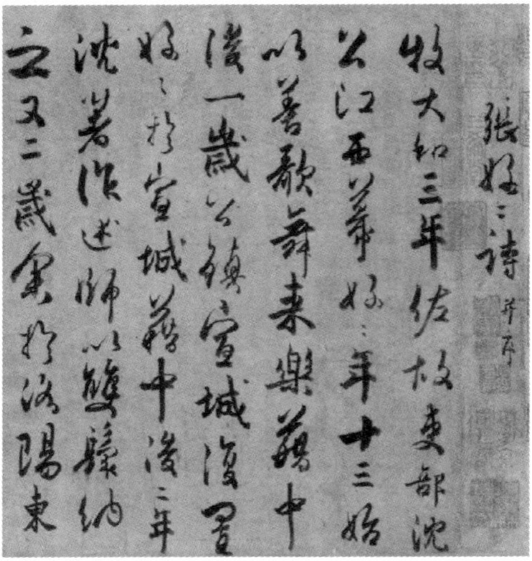
杜牧《張好好詩》

廣　告　回　信	
台灣北區郵政	
管理局登記證	
北台字第15949號	

235-62
台北縣中和市中正路800號13樓之3

印刻出版有限公司　收

讀者服務部

姓名：________________　性別：□男　□女

郵遞區號：________________

地址：________________

電話：（日）________________（夜）________________

傳真：________________

e-mail：________________

INK

NK
BLISHING

讀者服務卡

您買的書是：______________________________

生日：______年______月______日

學歷：□國中 □高中 □大專 □研究所（含以上）

職業：□軍 □公 □教育 □商 □農
□服務業 □自由業 □學生 □家管
□製造業 □銷售員 □資訊業 □大眾傳播
□醫藥業 □交通業 □貿易業 □其他______________

購買的日期：______年______月______日

購書地點：□書店 □書展 □書報攤 □郵購 □直銷 □贈閱 □其他

您從那裡得知本書：□書店 □報紙 □雜誌 □網路 □親友介紹
□DM傳單 □廣播 □電視 □其他

您對本書的評價：（請填代號 1.非常滿意 2.滿意 3.普通 4.不滿意 5.非常不滿意）

內容______ 封面設計______ 版面設計______

讀完本書後您覺得：

1.□非常喜歡 2.□喜歡 3.□普通 4.□不喜歡 5.□非常不喜歡

您對於本書建議：

感謝您的惠顧，為了提供更好的服務，請填妥各欄資料，將讀者服務卡直接寄回或傳真本社，我們將隨時提供最新的出版、活動等相關訊息。

讀者服務專線：（02）2228-1626 讀者傳真專線：（02）2228-1598

奈之下張伯駒決心個人出面。琉璃廠墨寶齋掌櫃馬保山後來回憶，張伯駒與馬霽川接洽在先，但馬霽川索價八百兩黃金，「因馬要價太高，先生不便再談，於是轉而請我從中周旋」，張伯駒最大的擔心是《遊春圖》這樣重要的國寶被唯利是圖的文物商轉手售出國外，「伯駒先生和我商談時特別強調這一點，」馬保山回憶，「當時我為先生如此盡力維護國家尊嚴、保護文物的精神所感動，決心傾全力以成全此事。」經馬保山斡旋，幾次來回談判，終於以二百二十兩黃金談定。但那個時候這個數字對張伯駒來說已顯吃力。十幾年裡，他手裡的錢幾乎都買了古書古畫，萬貫家財已經用盡。在此之前，他剛剛以一百一十兩黃金收購了范仲淹的《道服贊》。當年一擲千金的富公子，現在連幾十兩金子都拿不出來了。那時候，張伯駒一家住在弓弦胡同一處宅院，當年的那座豪宅佔地十五畝，富麗無比，在張伯駒住進來之前，它的主人是晚清大太監李蓮英。女兒張傳彩回憶說：「那裡有四五個院子，花、果樹、芍藥、牡丹都有啊，好幾個會客廳、長廊。」追求雅致生活的張伯駒十分喜愛這個院子，但為了購買《遊春圖》，張伯駒變賣了自己最愛的這處住宅。成交之日，賣方找人來鑒定黃金成色，女婿樓宇棟回憶說：「那個商人說這個金子成色不好，要二百四十兩，就是又加二十兩。但是他說你老岳父財力確實是不行了，最後那二十兩拿不出來了。何苦呢？這是傾家蕩產啊，為了這麼一幅畫。」這幅幾乎讓張伯駒「傾家蕩產」的畫，在一九五二年被捐給國家。張伯駒在自己的書畫錄裡寫下一句話：「予所收藏，不必終予身，爲予有，但使永存吾土，世傳有緒。」這是張伯駒一生遵循的收藏的信念，他也用一生實踐了這個諾言。

頗具諷刺意味的是，張伯駒將國寶獻於國家的第二年，被戴上「右派」分子的帽子，停職、檢查、各種罪名接踵而來。一九六一年，經陳毅介紹，張伯駒夫婦來到長春，張伯駒出任吉林省博物館第一副館長。四年後，張伯駒將自己所剩的書畫收藏共計三十多件又捐獻給吉林博物館。其中一幅是宋代楊婕妤的《百花圖》，被認爲是我國繪畫史上保存下來的第一位女畫家的作品。張伯駒曾經這樣表達過：「我終生以書畫爲伴，到了晚年，身邊就只有這麼一件珍品，每天看看它，精神也會好些。」但這樣一件被他視爲最後的精神慰藉的作品，最後也捐了出去。但張伯駒的命運繼續向下滑落。一九六七年，張伯駒又被打成「現行反革命」，在隔離審查了八個月後，被迫從吉林省博物館退職，送往吉林舒蘭縣插隊。但公社拒絕收下這個已經快七十歲、不會勞動還要靠公社養著的老頭，在一個雪天裡，被拒絕落戶的張伯駒夫婦離開舒蘭，返回北京。女兒張傳彩說：「回到北京，原來的地方已經被別人佔上了，只留了一間，就是一間十平方米的屋子，一間裡頭大概分了兩間，外頭放了一個桌子，父親在那兒整天寫什麼，裡頭屋子是睡覺。」曾經擁有稀世寶物的張伯駒，一下子成了生活無著的落魄老頭。一無糧票，二無戶口的張伯駒老兩口，靠親戚朋友的接濟，勉強過了一年多。儘管如此，著名文物收藏家王世襄說：「在一九六九年到一九七二年最困難的三年，我曾幾次去看望他。除了年齡增長，心情神態和二十年前住在李蓮英舊宅時並無差異。不怨天，不尤人，坦然自若，依然故我。」。

待一九七八年平反恢復政策，張伯駒已是位八旬老人。而八十歲以後，是張伯駒一生最忙的時候。他頻頻參加各種戲曲、詩詞、書畫研討會，想爲他摯愛的中華文化盡最後一點力量。但留給他的時間並不算很長。一九八二年正月，參加宴會歸來的張伯駒突患感冒，被送進北大醫院，因級別不夠，不能住雙人或單人病房，張伯駒和七八位病人擠在一個病房，不時有重病號抬進來，死的人被拉出去，心緒不安的老人鬧著要回家。二月二十六日，等到女兒終於拿到同意調換醫院的批令時，張伯駒卻剛剛離開人世。

「張伯駒」這個名字以及他獨特的價值，因爲那段特定的歷史而在很長一段時間被遮蔽。

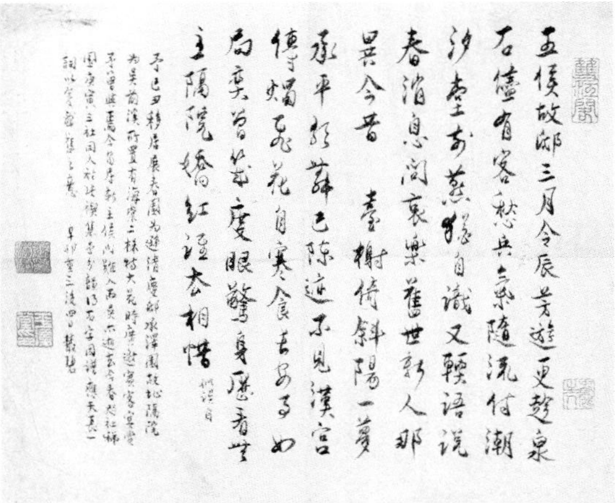

張伯駒書法

近年來，有關這位傳奇人物的那些並不算老的往事被逐漸開掘出來，即便只是流年碎影，但它折射出來的那種文化及人格力量，足以穿越歷史的塵煙，綻放一種耀眼的光芒，也溫暖著一代中國人的文化記憶。

名作家董橋在〈永遠的潘慧素〉一文中說：「潘素跟過朱德甫、汪孟舒、陶心如、祁井西、張孟嘉學畫，跟過夏仁虎學古文，家藏名跡充棟，天天用功臨摹，畫藝大進，張大千讚歎『神韻高古，直逼唐人，謂爲楊升可也，非五代以後所能望其項背』，北京官方拿她的山水當禮品贈送鐵娘子、老布希那些外國元首。園翁熟讀民國名人軼事，家藏叢碧詞箋多張，他說潘素出生書香世家，經過張伯駒、夏仁虎悉心栽培，內秀開發，作品很有深度。夏仁虎是夏承楹的父親、林海音的公公，清代舉人，做過御史，詩詞名氣極大，一九五〇年跟張伯駒同組展春詞社，月下倚聲，魚雁唱酬，誰都料不到幾波運動，吹落滿城繁花。」著名文物鑑定家史樹青曾爲潘素的《溪山秋

潘素畫作《岸容山意圖》

色圖》題跋時也評說：「慧素生平所作山水，極似南朝張僧繇而恪守謝赫六法論，眞沒骨家法也，此幅白雲紅樹，在當代畫家中罕見作者。」

在一九五六年七月國家文化局曾頒發「褒獎狀」給張伯駒夫婦，褒揚他們將八件珍貴文物無償地捐獻給國家。章詒和說她去張家時，環顧四壁，很想找到父親說的「獎狀」。牆壁張有潘素新繪的青綠山水，懸有張伯駒的鳥羽體詩詞，還有日曆牌，就是沒有嘉獎令。後來才發現「獎狀」高高而悄悄地懸靠在貼近房樑的地方。「獎狀」不甚考究，還蒙著塵土。「這不禁使我聯想起另一位頗負盛名的文人柳亞子來。父母曾帶著我去他家吃晚飯。從黃昏到夜深，我不記得大人們喝了多少罈紹興老酒，說了多少古今閒話。我只記得：他家大客廳裡有四幅用金絲絨裝幀的、與毛澤東等人唱和的詩詞手跡。這兩個文人做派很不同：一個把極顯眼的東西，擱在極不顯眼的地方，浪漫地對待；一個將極重要的物件，作了極重要的強調，現實地處理。」這或許正可看出張伯駒的個性，也因此他們夫婦雖一生大起大落、歷盡甘苦，但他們的心境總是超然而寵辱不驚。他們以智者之思，在丹青翰墨間相攜相伴，寄託自己的情懷。

名士多風流

談羅隆基的幾段情緣

一九三一年五月五日羅隆基（努生）在給胡適的信中，在談完譯稿之事後，他說：「家事依然一塌糊塗，十分痛苦。志摩新從上海北上，知之甚詳也。不久總須求根本解決，知念，附告。」此時的羅隆基，在婚姻上已出現相當大的裂痕了，果不然在同年五月二十日他給胡適的信就說：「舜琴已於昨日離滬返新加坡，彼此同意暫分六個月（最少六個月）。國家的個人自由沒有爭到，家庭的自由爭來六個月，未始非易事！前此情況，譯書都不得安寧，十天功夫盡費在吵架上面，眞不値得。」同一天他給徐志摩的信也說道：「舜琴已於昨日離滬返新加坡，暫分六個月。短期的自由，爭來亦不容易。將來，讓將來照顧將來罷！」

我們知道羅隆基早年在倫敦大學政治經濟學院求學時，他在舞會上結識一位女華僑留學生，她叫張舜琴，父親是新加坡的富商。在徵得女方父母的同意後，他們在英國結了婚。一九二八年兩人雙雙返國，住在上海霞飛路一〇一四弄十五號的花園洋房，與清華大學同學梁實秋比鄰。張舜琴在英國學法律專業，回到上海掛牌當律師，但由於她連一句漢語都不會說，甚至聽不懂，只能接外國人的個案，於是業務清淡。因此她也在上海光華大學兼課，教英語。而此時的羅隆基則身兼中國公學政治經濟系教授、光華大學政治系教授、暨南大學政治經濟系講師，及《新月》雜誌主編等職。

曾是羅隆基在光華的學生的歷史學者沈雲龍在〈光華大學雜憶〉一文中說：「羅先

政壇名士羅隆基

生和他的夫人張舜琴似乎琴瑟並不調和，常常雙雙請假，過幾日便見羅先生面部帶著紗布綳帶來上課，同學們常背後竊笑，這樣經常吵架的夫妻生活，自難維持長久。」中國青年黨的領袖，早年也曾同羅隆基共事過的李璜，在〈談王造時與羅隆基〉的回憶文章中說：「那個時候，老羅又正在與他的太太鬧離婚，他太太也是留美（案：留英）學法律的，在上海光華大學教書，對老羅的浪漫，大概管束太嚴，因此兩小口常常打架，鬧得學生們都知道了，傳爲笑談。」而比羅隆基稍晚的清華大學校友潘大逵在《風雨九十年》的回憶錄中說：「……記得在我一九三〇年回國之初，也曾與他的前妻張小姐見過面。他的前妻是華僑，在英國讀書，羅與她是在英國結的婚。她給我的印象是外表本分樸素，喜清靜，不愛社交，是基督徒，與羅的性格迥然不同。清華同學對他們的結合頗感驚異，當他們在倫敦時，清華同學何浩若等數人曾到他家拜訪，幾位清華老同學不禁顯露出少年時代那一派吵鬧不拘形跡的作風，惹得羅妻大爲不滿。大家都預料他們的婚姻一定不能維持長久。不幸而言中，回到上海不久，果然他倆便宣告離異了。」

羅隆基在暨南大學任教的學生，馬來西亞的著名學者溫梓川在《文人的另一面》書中指出：「……這期間，不知怎的他對於張小姐不對口味，生活自然也不太協調，大概是爲了急於功利的緣故，後來他看上了徐志摩的離了婚的夫人張幼儀，也就是張君勱的妹妹。他僞裝張君勱的信徒，加入國社黨，滿以爲近水樓台先得月。殊不知張幼儀對羅隆基，避之唯恐不及，他對她追求，不但徒勞無功，簡直毫無希望。他追求張幼儀之不能成功，他懷疑是因爲有髮妻的關係，遂決心擺脫。……」

一九三一年間，羅隆基在上海王造時家，結識一位性格開朗、活潑的女性，她剛從美國留學歸來，湖北人，身著一身旗袍，使她彷彿變得更加纖弱。然而她的談鋒、她的風度，卻一點都不纖弱。她自稱是人生的叛徒、家庭的叛徒，倘要寫自傳，書名就叫《一個叛徒的自傳》。她名叫王右家。據王右家的好友呂孝信的〈憶一對歡喜冤家——王右家與羅隆基〉及呂孝信的回憶錄《耄年憶往》，我們得知呂孝信生於一九一〇年，而王右家大呂孝信一、兩歲。他們小學都就讀於北京女子高等師範學校的附屬小學。當時梁實秋的未婚妻程季淑也在那裡當小學教員。

梁實秋在《槐園夢憶》一書中的〈悼念故妻子程季淑女士〉文中，就說：

一九二二年夏，季淑辭去女職的事，改任石附馬大街女高師附屬小學的教師。……

王右家是她這時候班上的學生之一。抗戰爆發後我在天津羅努生、王右家的寓中下榻旬餘月。有一天右家和我閒聊，她說：

「實秋你知道麼，你的太太從前是我的老師？」

「我聽內人說起過，你那時是最聰明美麗的一個學生。」

「哼，程老師是我們全校三十幾位老師中之最漂亮的一個。每逢週末她必定盛裝起來，在會客室晤見一位男友，然後一同出去。我們幾個學生就好奇的麇集在會客室的窗外往裡窺視。」

梁實秋與程季淑

我告訴右家，那男友即是我。右家很吃一驚。我回想起，那時是有一批淘氣的女孩子在窗外唧唧嘎嘎。我們走出來時，也常有蹦蹦跳跳的孩子們追著喊「程老師，程老師！」季淑就拍著她們的腦袋說：「快回去，快回去！」

「你還記得程老師是怎樣的打扮麼？」我問右家。

右家的記憶力眞是驚人。她說：「當然。她喜歡穿的是上衣之外加一件緊身的黑緞背心，對不對？還有藏青色的百褶裙。薄薄的絲襪子，尖尖的高跟鞋。那高跟足有三寸半，後跟中細如蜂腰，黑絨鞋面，鞋口還鎖著一圈綠絲線……」

我打斷了她的話：「別說了，別說了，你形容得太仔細了。」於是我們就泛論起女人的服裝。右家說：「一個女人最要緊的是她的兩隻腳。你沒注意麼，某某女士，好好的一個人，她的襪子好像是太鬆，永遠有皺褶，鞋子上也有一層灰塵，令人看了不快。」我同意她的見解，我最後告訴她莎士比亞的一句名言：「她的腳都會說話」，見《脫愛勒斯與克萊西達》第四幕第五景。

小學畢業後王右家進入了宣外大街的春明女中，後來又再度與呂孝信同入北京女子大學，之後據呂孝信說，她和王右家原本約好要同時蹺家私奔美國讀書的，但當一切準備就緒時，王右家卻獨自去了威斯康辛城就讀，但去美兩年，也未曾拿到什麼學位。

王右家在上海認識了羅隆基後，不久兩人同返北京，據呂孝信在回憶錄上說：「……有一天晚上，我忽然接到她一個電話，說她與另一位同學彭德宏正在我家附近一家戲院想看電影，要我速去相會。我以爲僅是三巨頭的約會而已，所以身穿棉袍，外罩藍布大褂，還在口袋內帶了許多花生糖果之類，以便在戲院裡看電影時大嚼。誰知到達後看到一位中年男士與她們在一起，經介紹後才知道是鼎鼎大名的羅隆基。羅說：『這部電影沒什麼意思，不如由我請三位到德國飯店跳舞、飲茶好嗎？』我反對地說：『我穿得這個樣子，怎好去德國飯店跳舞，我不想去，還是你們三人去吧！』羅說：『衣服不代表什麼，人美穿得自然更美。』他很會說話，加以右家的強迫，我只得跟他們前去。當時的計程車，後座只能坐三個人，如果有四個人，就要將後座對面折疊的椅子拉出來。這種椅子背對司機，俗稱『倒座』。當時西風東漸，爲了尊重女性，凡是四人乘車，其中若有一位男士，總是男士坐在倒座，而讓女士坐在後座，才算禮貌。但是那晚羅不坐在倒座，而坐在後座，讓王右家坐在他的腿上。平時王右家任性，又因貌美，到處受人奉承架捧。那天卻順從地坐在羅的腿上，沒有命羅坐倒座，好像理所當然一樣，因此看得出來羅是標準大男人主義，右家一切要聽他支配，這和過去右家的性格完全不同。也許這就是所謂『強中自有強中手』吧。那晚我們玩得很盡歡，努生知道我性喜閱讀，那時他正在辦《新月》雜誌，問我讀過他哪幾篇文章，又說以後將寄《新月》給我免費閱覽。不久他們就去了天津，卜屋同居，羅雖對他的妻子提出離婚，但他的妻子人在南洋，拒絕簽字離婚，使羅和王不能正式結婚，好在右家豁達率性，不在乎世俗對她如何批評，仍與羅在津共同生活。……」

呂孝信在〈憶一對歡喜冤家〉一文中說：「……右家那時不過二十出頭，美得像一朵花，見到她的男人，無人不爲之傾倒，正是要風得風，要雨有雨的時候，她無論想嫁誰，都是別人求之不得的事，可是偏偏遇到努生是個有妻室的人，在今日的社會，尚且不能容忍這種行爲，何況四十年前？這種獨特異行，不啻給古老的社會投下一顆炸彈，把人們都震得目瞪口呆，我問她：『你爲什麼一定要和一個有妻室的人同居，難道只爲了表示你有對這社會挑戰的勇氣嗎？』後來我才知道她有這勇氣，都是努生給她的鼓勵。努生說：『你這麼青春美麗，如能給這古老封建的社會來顆炸彈，使得萬萬千千的人爲你的勇敢喝采、讚美，一定會給這死氣沉沉的社會，平添生氣。……』右家天生本來就有反叛性格，所以就在這種恭維鼓舞之下，不顧後果的和努生同居了。」

呂孝信又說：「她和努生在天津那段生活過得似乎很快樂，努生喜歡外表美麗的女孩子，更欣賞女孩子有美麗的內心，因此鼓勵她多讀書、練習寫作，那時她確實讀了很多書。以後她又辦《益世報．婦女週刊》對文化工作非常熱心。如果她不認識努生，而嫁給原來的未婚夫，相信她以後的生活將是兩種方式。她會整天交際，出入戲院舞廳，混混沌沌過一生，正如小曼未嫁徐志摩前的生活方式一樣。」「努生除了在天津《益世報》工作，又在南開大學兼課外，後來又兼領了北平一家大報的社長兼總編輯（好像是《晨報》），他們又在北平大水車胡同另租了一所房子，平津兩地輪流的住。大水車胡同的房子是個有錢人家的後花園，房間不是很多，但是花木扶疏，庭院深深，別有一番風味。」

北大才女——徐芳

呂孝信曾形容王右家是「她的外表溫靜斯文，但是她的性格卻是帶些野性的。……有時我覺得她很像《飄》中的郝思嘉，努生則有些像白璧德，她和努生二人正像郝白一樣，算得是一類型的人，所不同的是右家心中並沒有一個查希札，如果努生能像白璧德一樣專一的愛著郝思嘉，那她們的結局就不會像《飄》一樣的沒有結果。」但羅隆基在感情上是「多元論者」，才子多風流。這在張舜琴是無法容忍的，但灑脫的王右家卻是可以容忍的。因此儘管有「如花美眷」，羅隆基還是花邊不斷。

一九三四、五年間，他往來天津、北京間，當時北京大學女學生徐芳，因寫新詩小有名氣，羅隆基透過好友梁實秋邀得徐芳見面，梁實秋當時是北大外文系主任，徐芳雖是中文系，但修過梁實秋的課，又因寫新詩的關係，梁老師對其特別照顧。羅隆基欣賞她的才華，常藉故邀約至中山公園散步談心，怎奈女學生並無此意，加上徐女的父母得悉羅隆基的花名，不許他們交往，也因此常常由王右家負責邀約。雖然「落花有意」，但「流水無情」，而羅隆基始終不曾放棄，他不斷地給徐芳寫情書。據徐芳女士告訴筆者，

一、兩年間達三、四十封之多。可惜的是經過抗戰等等遷徙，目前倖存的僅有一封，那是一九三七年十月十五日羅隆基給徐芳的信——

舟生：

你給我及右家的信都收到了。由信上看起來，你似乎暫時還不會南來。在我，亦不知怎樣說纔好。我想你來。但你南來後又怎樣？上海你去不了，南京你住不久。畢竟怎麼辦？不過，你長住天津，亦不是結局，對不對，芳？

我託你的兩件事如何？第一，我要請你代買 SAXIN，中國名糖精。第二，我要你代我找社論。芳，你代我辦辦如何？

梁老師據說已北返。是否回平，抑往天津，我不知道，我至今還沒有得到他的信。長沙方面，他不得意。英文系主任已聘葉公超，這或者是他忿忿而去的理由。你在北方遇見過他嗎？

舟生，你有信來可寄南京陰陽營四號。這是我的辦事地點。假使信寄到此地來，則「仁兄」二字可免去，對不對？我當然明白你的用意，不過，「仁兄」兩字，總有點礙眼睛。

老實告訴你，我閒得要死。眞是，閒煞人。這當然不是你想像得到的。此間的一切情況，要說亦沒辦法和妳說，這更令人叫苦。中國的前途，個人的前途，無從捉摸，亦無從說起。舟，我眞願有一二個親近的朋友，買大量酒，喝個大醉，忘我忘人，忘記一切。清醒就是痛苦。到此，方知以往明末宋末許多許多詩酒放蕩的文人，不是偶然。他們都是啞巴吃黃連，在嚐那般滋味。

舟生，你近來還寫詩嗎？你近來有什麼作品，寄來給我看看好嗎？我給你的信有別人看見嗎？我眞想放開膽來向你寫信，又不知你的境遇能否容許。得了吧，芳，少說罷！不過，不說，你亦懂得，對不對，芳。舟生，惦念萬分，幾時能相見？

L　十月十五日

南京東瓜市一號　王緘

（註：信中的舟生，乃徐芳的筆名。而梁老師指梁實秋。買糖精據徐芳說是因爲羅隆基患有糖尿病，必須以沒有糖分的 SAXIN 代替一般的糖。）

後來羅隆基和王右家由南京去了武漢，那時國共已經合作，共黨許多要人都匯集在武漢，羅隆基那時很活躍，國共雙方的人，他都拉得上交情，如周恩來、鄧穎超全和他們有來往。之後，他們又去了重慶。他們在西南時，羅隆基的前妻張舜琴也在那兒，不久張舜琴和她的一個學生結了婚，所以她才同意和羅隆基離婚。也因此王右家和羅隆基才正式結了婚。

但好景不長，沒過多久，他們兩人又鬧離婚了。據呂孝信說王右家這麼告訴她的：「騾子（案：指羅隆基）對感情是『多元論者』，我早已告訴過你，我一直以爲他不過喜歡逢場作戲，只要他如常的愛我，戲罷仍能回到我身邊來，我也就不想認眞。最後他和一個人家的太太好起來，這人的丈夫是社會知名之士，也是騾子的朋友，太太也算是我的朋友。當他們要好時，我並不是一無所知，不過我未以爲意，大約這樣過了一年多，不知怎麼他們二人因事鬧翻了。那位太太自覺有許多情書在他那裡太不安全，於是就向我坦白懺悔，希望我將那些信件偷出來還她，當時我又犯了個人英雄主義的毛病，乃一力承擔一定要把這些信完璧歸趙。我知道騾子存放情書的地方，但我平時爲了減少煩惱，從不去檢查或碰它，現在爲了她的緣故，我開始去翻查，我發現他們短短相識一年多時間，居然寫了近百封的信，這使我覺得驚奇，因爲我不知道他們之間到底有什麼話好說。爲了好奇，我隨便在其中抽了一封看看，不看猶可，看了實在不由得我不生氣，原來信中竟已談到婚娶，她計畫要離開丈夫，而騾子也計畫要和我離婚。我爲了保護我自己，就拿出了三封，但仍將其餘的信遵守前言還給了那位太太。雖然剛一看信時未免生氣，不過事後我的個人英雄主義思想又抬頭了，我一向抱著合則留、不合則去的主張，既然騾子與她相愛，我就成全他們也無所謂，所以從那時候起，我就離開了騾子的家，永遠也沒回去過。」

有關於王右家與羅隆基的離異，羅隆基的清華大學同班同學浦薛鳳在〈憶清華辛酉級十位級友〉一文中，這麼說：「抗戰期間努生與右家失和，勢將破裂。右家坐在昆明停留片刻之飛機上，並未下機，而努生預知其行將到達，認爲必定下機可在機場晤面，不料右家躲在飛機裡面，始終未曾下來，遂使努生失之交臂。此一經過，係梅師母（梅貽琦夫人韓詠華女士）親口面告筆者與（王）化成。蓋梅師母受努生之懇求，親由昆明飛到重慶代向右家勸解，預期電知吾倆，故同到珊瑚壩機場迎接。隨即送往嘉陵江對岸汪山附近之郭（泰祺）公館。但事實已到無可挽回地步。」

王右家與羅隆基離異後，很快認識了茶商唐季珊。唐季珊是情場老手，早年曾從電影導演卜萬蒼手中搶走紅極一時的影后張織雲，並曾帶著張織雲到美國宣傳，紐約報紙刊出「中國茶葉皇帝與中國電影皇后同來美洲」的報導，讓他在茶葉生意獲利頗豐。但張織雲被他利用完後，就一腳踢開，又勾搭上一代紅星阮玲玉，同時又與歌舞明星梁賽珍姊妹有染，導致阮玲玉心碎自殺。因此當呂孝信得知此消息時，曾問王右家何以有此選擇？王右家說：「當我認識他不久的時候，我就認爲他最適合做我的丈夫，你知道，我不能在騾子同一圈內去找丈夫，如果不如他，會被他暗笑，比他高明的又都已有家室。唐季珊是另外一個圈子內的人，無可比較，在這一點上，我可以心安理得的去嫁。只是『老大嫁作商人婦』，自己也難以解嘲。」一九四九年後，他們夫婦到了台灣，唐季珊仍經營他的華榮茶葉公司，王右家則應酬於官場達貴之中，張道藩與蔣碧微都是她的好友。一九五八年四月十二日，由王右家編導的古裝歷史劇《龍女寺》，在三軍托兒所公演二十天，該劇劇情類似《孔雀膽》，由張茜西、馬驥、張小燕、周仲廉、王庭樹、洪芳、高明、韓昌俠等十餘人演出，其中童星張小燕的戲有相當重的演出。整體的成績，頗受好評。王右家曾留英攻讀戲劇，當年在重慶，曾編寫過歷史劇《句踐復國》，並曾彩排過，此次則又編又導。但幾年後由於茶葉生意不佳，弄得唐季珊傾家蕩產，流落街頭，王右家病卒，連喪葬費都靠生前幾位好友資助，這是後話。

章伯鈞的女兒章詒和女士在她的《往事並不如煙》一書中說，一九六五年羅隆基因突發心臟病，半夜死在家中。他的許多日記和一箱子情書被有關單位收走。母親偷偷對她說：「你的羅伯伯收藏的情書可多呢，據說還有青絲髮。寫給他情書的人多是名流，其中有劉王立明、史良……」。其中劉王立明乃是王立明之謂，王立明一八九七年生於安徽省太湖縣，曾獲美國西北大學生物系碩士學位，是早期婦女運動傑出的領導人之一。一九二四年王立明與向警予、楊之華、劉清揚等全國婦女界領袖人物，成立了上海女界國民會議促成會，對當時全國婦女運動，產生了一定的影響。她後嫁與著名的愛國民主

五十年代的史良

人士劉湛恩。一九三八年，時任上海滬江大學校長及各大學抗日聯合會主席的劉湛恩爲日寇所暗殺，王立明痛失親人，爲紀念丈夫劉湛恩，她揮淚以中英文寫了〈先夫劉湛恩先生之死〉，並在自己的名字前面冠以「劉」字，改爲「劉王立明」，以示永久的緬懷與紀念。一九四四年她參加了民盟並選爲中央委員，又與李德全、史良等發起組織了中國婦女聯誼會，宣佈民主，反對獨裁專制。一九五七年「反右」運動中，她也被扣上沉重的「右派」帽子。傳記作家葉永烈在《沉重的一九五七》一書中，提到羅隆基在心臟病發的當天晚上，在迺茲府家中設宴，與幾位朋友聚餐。來者有他的老朋友、全國政協委員趙君邁先生、中國民主同盟中央委員劉王立明及其女兒劉煒等。酒足飯飽，他還到離迺茲府不遠的東四胡同——劉王立明家中聊天，直到午夜十一點，才回到自己家中。

章詒和回憶母親李健生曾對她說史良與羅隆基的事，李健生說：「抗戰時在重慶，他倆的關係已基本被大家默認。史大姊對這件事是認眞的，表現得從容大度。可誰也沒料到會冒出個浦熙修來，老羅遂又向浦二姊大獻殷勤。史大姊察覺後，立刻結束了這段浪漫史。」史良，江蘇常州人，一九〇〇年生，一九二二年從常州女子師範畢業，一九二四年考入上海政法大學。初學政治，後改學法律。後又轉到上海法科大學學習，一九二七年畢業，被分配到南京國民黨革命軍總政治部政治工作人員養成所工作。然而才剛剛踏入社會的她，卻意想不到被關入監獄，而且一關就是兩個月。後經法科大學老校長董康和蔡元培出面保釋，才被釋放。一九三一年，史良開始她的律師生涯，最初是同老師董康在一個律師事務所，大約一年後，她開辦了屬於她自己的律師事務所，而且經營得相當出色。

當然使得史良聲名大噪的，還是「七君子」事件。一九三五年史良發起在上海成立第一個救國組織——婦女救國會。後來史良更當選全國各界救國會執行委員和常務委員。而國民黨政府對救國會一直是持敵視態度的，一九三六年十一月下旬，開始對救國會的領導人進行鎮壓。史良、沈鈞儒、章乃器、鄒韜奮、李公樸、王造時、沙千里同時被捕，這就是「七君子事件」，史良是七個人中唯一的女性。一九三七年四月三日，國民黨江蘇高等法院以「危害民國罪」向「七君子」提出公訴。律師出身的史良據理力爭，駁得檢察官張口結舌，啞口無言。再加上全國人民的聲援及宋慶齡等知名人士的營救，國民黨政府不敢輕易地給他們定罪。抗戰爆發後，不得不把他們釋放。一九四一年民主政團同盟成立時，史良便成爲民盟最早成員，繼續爲爭取民主而奮鬥。民盟最初是由三

史良與外國朋友

七君子

黨、三會組成的。三黨即章伯鈞的中國農工民主黨，羅隆基、張君勱的國家社會黨（後改稱「民主社會黨」），左舜生、李璜的中國青年黨；三會即沈鈞儒的救國會、黃炎培的職業教育會、梁漱溟的鄉村建設會。另外還包括一些無黨無派人士。羅隆基得識史良及劉王立明應該都是在民盟時期。

至於得識浦熙修則要到一九四六年初的政治協商會議的採訪。浦熙修一九一〇年生於江蘇省嘉定縣。畢業於北京女師大中文系，在一九三二年，畢業前一年經朋友介紹與當中學教員的袁子英結婚了。後來她進入陳銘德創辦和主持的《新民報》，從廣告科到編輯部，成了《新民報》的第一位女記者。抗戰期間，《新民報》也遷到重慶，她擔任了採訪部主任。她和史良也認識。一九四二年六月七日敵機轟炸重慶，《新民報》的職工宿舍被炸毀，她就借住到史良家。而後她也加入中國民主同盟，她在自傳中說：「我加入民盟是因爲當時住在史大姐家，由她一再勸說而加入的。我覺得反正是一個進步的民主團體，加入了也無所謂。」

四十年代的浦熙修

在浦熙修的記者生涯中，值得大書特書的就是對政治協商會議的報導。在一九四六年一月十日至三十一日，爲時二十二天的會議期間，她遍訪三十八位政協代表，爲每一位代表寫一篇專訪。她既寫了共產黨的周恩來、董必武、王若飛、葉劍英、吳玉章、陸定一、鄧穎超，也採訪了國民黨的孫科、吳鐵成、陳布雷、陳立夫、張厲生、王世杰、邵力子、張群，還採訪了郭沫若、沈鈞儒、黃炎培、章伯鈞……等人。當她採訪羅隆基，第一次認識了他。不料，兩人越談越投機，產生了傾慕之情。她的同事張林嵐後來在悼念浦熙修的文章，就說：「有一天我在猶莊玩時，她告訴我最近認識了一個人。這人了不起，口才好，外語好，筆頭也健，下筆千言，一揮而就；聽了他幾次談話，覺得他觀察敏銳，見解也高，我眞是傾倒之至！」

一九四七年浦熙修和羅隆基的感情更進一層，這也導致了她和丈夫袁子英的離異。浦熙修在自傳中回憶說：「一九四七年三月中共代表團撤退後，我眞是感覺孤寂極了，沒有更多可談話的人，心中非常苦悶。我和羅隆基就逐漸熟識起來了，覺得有個朋友交往也很好。他曾教我寫文章。他說，老當記者還行？總得提高一步，能夠成爲專欄作家才行。這話正合我的心意。我們常常見面的結果，感情有了進一步的發展。他那時是有意求偶，因爲她和妻子早已分離。而我呢？我和丈夫早在重慶期間就有了分歧。袁子英在日本投降後就到了上海，我在南京工作時，他也很少回來。我和羅隆基的感情發展下去便促成我的離婚。一九四七年冬，我正式離婚後，到北平姊姊家裡住了一個月，後來還是回到南京《新民報》繼續工作。羅那時因民盟被解散，早已到上海，在虹橋療養院養病。我們原來打算結婚的，但當時因爲環境不許可，他又害著嚴重的肺病，我們沒有結婚。」至於何以沒有結婚呢？浦熙修的女兒袁冬林說得更明白些，她說：「一九四九年九月我從上海到北京後，就知道三姨及一些黨內老同志反對娘與羅隆基交往。我認爲三姨是黨員，必是代表黨的意見，當然我也要反對。反對的理由呢？現在回憶起，認爲他是『資產階級政客』，且親友對他的人品頗有微詞。」學者朱正就指出，三姨也就是浦安修，她的丈夫彭德懷，是中共中央政治局委員，他不能接受羅隆基這樣一位連襟，是主要因素。而安修愛她的姊姊，希望她不要因爲婚姻問題陷入政治的困境，當然「反對尤力」了。

解放後，浦熙修出任《文匯報》副總編兼北京辦事處主任，住在金魚胡同。而無巧不成書，羅隆基的新居正好在咫尺的迺茲府。他倆三天兩頭見面。羅隆基還在迺茲府騰出一個房間給浦熙修。兩人的感情是十分融洽的，浦熙修是羅隆基「十年來的親密朋友」。然而好景不長，一九五七年七月一日《人民日報》發表了〈《文匯報》的資產階級方向應當批判〉的社論，直指「章羅同盟」。於是大報小報，大會小會，黨內黨外，中央地方，一致討伐章伯鈞和羅隆基。這是千古奇冤，身爲「章羅同盟」的羅隆基，也不知這個「聯盟」爲何物，當然更無處申冤，他百口莫辯地陷入了沒頂之災。而同時浦熙修也捲入了這個漩渦之中。

浦熙修的同事朱嘉樹回憶當時的情況說：「新聞界反右會的壓力越來越大，火力也越來越猛，目的顯然要把『章羅同盟——浦熙修——《文匯報》編輯部』這條黑線坐實。」女兒袁冬林指出，「在當時已形成『黨是絕對正確的，有錯就是自己』的思維模式形勢下，相信黨勝過相信自己，相信黨勝過相信事實，以信念代替自己的娘，一次次地寫交代，眞心實意地按照黨的要求檢討自己，揭發羅隆基。她希望自己回到人民的懷抱，也希望羅隆基能認識黨給他指出的問題去交代，早日得到人民的諒解。」迫於無奈，浦熙修不得不交出羅隆基寫給她的所有信件，然而，即使查遍那些信件，也找不出什麼「反黨反社會主義」的言論。但當時的浦熙修卻餘恨未消地附和別人說：「羅隆基的反黨反社會主義的陰謀是一貫的，他說他的骨頭燒成灰也找不到反黨反社會主義的陰謀，實際上他的骨頭燒成灰，就是剩下來的灰末渣滓也都是反黨反社會主義的。」羅隆基對浦熙修的反噬，痛徹肝腸。

《文匯報》時期的浦熙修

羅隆基與浦熙修

其實這個「章羅同盟」根本就是子虛烏有，稍有民盟常識的人都知道，章伯鈞和羅隆基在民盟內部本來就是不和的，把兩個根本合不來的人用「同盟」聯在一起，完全是憑空揑造。千家駒對「章羅同盟」有一個評價，就是「千古奇冤」。羅隆基因此被劃成「右派」，而浦熙修也成了「右派」。他們依然住得很近，但是羅隆基再不與她往來了，不是爲了「劃清政治界線」，而是羅隆基不能原諒浦熙修的違心。曾經相愛的兩人，被無端的事件，築起心中的高牆，再也老死不相往來——雖然有時舊情仍在彼此心中躍動。

在這之後，有個女性又走入羅隆基的生命中，那就是康有爲的外孫女、康同璧與羅昌的女兒——羅儀鳳。羅儀鳳在明知羅隆基是右派的前提下，奉獻出自己近乎神聖的感情。章詒和回憶她母親曾興沖沖地說：「他們要眞的成了，那敢情好。老羅的生活有人照料，儀鳳的未來也有了歸宿。再說，他們是般配的。儀鳳的出身、學識、教養、性情哪點比不過老羅？老羅只熟悉英文，人家儀鳳可會六種語言呢！」但後來此事還是沒成，據章詒和說，不久，羅儀鳳得知羅隆基在與自己繼續保持往來的同時，陷入另一場戀愛。那個女人雖說不是燕京畢業（案：羅儀鳳是燕京大學家政系畢業的），也不精通英語，但是精通打牌，擅長跳舞，活潑漂亮，頗具風韻。聽說羅儀鳳曾經將這次令她心碎的感情經歷用文字寫了出來，以傾吐內心的痛苦與不平。寫完以後，卻始終未示於人，她把這段感情埋葬了。

兩年後的一九六五年十二月七日，羅隆基突發心臟病死於家中，終年六十九歲。他孑然一身，離開人世，沒有妻子，沒有兒女。所幸的他沒有經歷「文化大革命」；反觀浦熙修在「文革」中，受到非人的批鬥及長期的隔離，她變得鬱鬱寡歡，在鬱悶中她得了癌症，在肉體與心靈的雙重痛楚中，在一九七〇年四月二十三日含恨而逝。而在她病得很重之時，民盟中央派王健同志去看望她時，她提出希望民盟中央把羅隆基給她的十幾封私人信件還給她。雖然此時羅隆基已去世好幾年了，她已經沒有可能向他解釋當時是如何在萬般無奈的心情下，才交出這些信件。逝去的舊情是早已無法尋回，但是這些信件有著他倆真摯的情感，尤其是在她生命即將終結之際，那是多大的慰安呢！一代報人浦熙修沒有等到平反，抱恨終天，在她臨終時跟羅隆基一樣，沒有一個親人在側。

人間能得幾回聞

邵洵美的「金屋」與藏嬌

邵洵美是中國現代文學史上知名的唯美—頹廢派詩人、出版家和文學活動家。但現在知道邵洵美的人已經不多了，而在這些知道的人的印象中，總認爲他不過是個「紈袴子弟」、公子哥兒，並無足觀。這很大是受到魯迅的影響，魯迅在他的〈拿來主義〉中，這樣寫著：「因爲祖上的陰功，得了一所大宅子，且不問他是騙來的……或是做了女婿換來的」。這個評語，底下注明「諷刺的是做了富家翁的女婿而炫耀於人的邵洵美之流」。這成爲後人對邵洵美的第一，也是唯一印象。「有富岳家，有闊太太，用作陪嫁，作文學資本」，一時成爲定論。難怪後人概歎，魯迅一條注釋，掩埋邵洵美一生。

魯迅罵邵洵美爲「盛家贅婿」，並對其諸多攻擊。然而若就其身世而觀之，邵洵美的父親娶盛宣懷的四女兒爲妻，邵洵美的伯父邵頤的元配夫人是李鴻章之女，邵洵美可說是生於官宦之家，而盛佩玉是盛宣懷長子的女兒，與邵洵美是表姊弟。邵、盛兩家原本都是有錢人，並不存在邵洵美高攀的問題。魯迅不厭其煩地提到富家女婿，並似乎認爲因此而一切均無足觀，是不免淪爲情緒上的「嘲笑」與「謾罵」了。

邵洵美（1906-1968），祖籍浙江餘姚，生於上海。祖父邵友濂，曾繼劉銘傳爲台灣巡撫。父親邵恒生六子一女，他是長子，因伯父中年早逝，嗣母史氏對他視如己出。邵洵美中學就讀於上海聖約翰中學，後轉學南洋路礦學校（上海交通大學的前身），一九二三年畢業。表姊盛佩玉曾給邵洵美織了一件白毛絨背心，邵洵美作詩〈白絨線馬甲〉回贈，並發表在《申報》上。次年冬，請其母向盛家求婚，遂與盛佩玉訂婚，佩玉長他一歲。一九二五年二月，乘船赴英留學。船每到一處，都購買當地的風景明信片寄給盛佩玉，以表思念和愛慕之情。抵達英國後，先在劍橋大學讀預科，後來考進劍橋大學的伊曼紐學院（Emmanuel College of Cambridge University）經濟系。後改爲專攻英國文學。

（右）漫畫王子「科佛羅比斯」筆下的邵洵美
（左）徐悲鴻畫邵洵美於一九二五年

據邵洵美的女兒邵綃紅說：「有一天，他在書堆裡發現自己在羅馬買的一張希臘女詩人莎茀（Sappho）像的印刷品。這畫像爲他造出許多離奇的幻想，於是，寫滿了詩句的草稿越積越多了。他對這位女詩人發生極大的興趣，從此他最重要的工作就是用新詩的自由體裁去譯她的《愛神頌》，新詩成了他的信仰和將來了。莎茀的詩被人發現的一共只有五、六十個斷片，洵美在正式課程之外，憑自己的想像把它們連繫起來寫成一齣短劇。經穆爾先生的介紹交海法書店印刷發行。那冊劇本印得特別講究，紙張是劍橋大學出版部轉買來的手造紙，封面的圖樣又是請英國木刻名家吉爾先生設計的。但是，這本小冊子上櫃，竟然一本也沒有賣掉。不過，從此，洵美有了個『希臘文學專家』的稱號。」邵洵美曾自己說過他從發現莎茀而知道了史文朋（A. C. Swinburne, 1837-1909）。又因史文朋而熟知了拉斐爾前派作家，並得知波特萊爾（Charles Baudelaire, 1821-1867）和魏爾倫（Paul Verlaine, 1844-1896）。這也標示了邵洵美從唯美主義（史文朋）到象徵主義（魏爾倫），同時也從「字眼、詞句、音節」等「形式」到「意象」。

一九二六年六月下旬，邵洵美中斷在英國的學業返國。次年一月十五日（農曆十二月十二日），在上海南京路前跑馬廳對面的大華舞廳（卡爾登飯店）與盛佩玉舉行婚禮。採「新舊」合璧的方式，賀客盈門，盛況空前。盛佩玉是盛宣懷的孫女，邵洵美和他的父親兩代都是盛家的女婿。邵洵美的生母是盛宣懷的女兒、盛佩玉的四姑母。邵洵美與盛佩玉是姑表姐弟，青梅竹馬，萌生愛情，結爲連理，親上加親。據盛佩玉晚年回憶說，結婚滿月，他們夫婦還在家中宴請文藝界的朋友。有徐志摩、陸小曼、戈公振、郁達夫、丁悚、倪貽德、喬文壽、江小鶼、汪亞塵、常玉、劉海粟、張水淇、王濟遠、錢瘦鐵、滕固等人。他們分別作畫誌喜，又合作一幅扇面畫。

一九二八年三月，邵洵美創辦金屋書店，地址在靜安寺路（今南京西路）斜橋路口，斜橋總會隔壁。據章克標說，「金屋」這個名字的取義，既不是出於「藏嬌」的典

邵洵美與盛佩玉新婚儷影

故，也不是緣於「書中自有黃金屋」的詩句，而是由於一個法文字眼即「La Maison d'or」翻譯過來的。書店出版的主要是文藝類書籍，以唯美派的作品居多。學者張偉說：「金屋書店開辦後究竟出了多少書，一直沒有人統計過，僅就筆者粗略翻過的，應該在三十種左右。範圍大致包括這幾類：一、獅吼社同人的著作，如滕固的《平凡的死》、章克標的《銀蛇》、黃中的《嫵媚的眼睛》、邵洵美的《一朵朵玫瑰》等。二、朋友的作品，如郭子雄的《春夏秋冬》、盧世侯的《世侯畫集》、朱維基的《奧賽羅》、張若谷的《文學生活》等。三、朋友相託之書，如夏衍的《北美印象記》、王任叔的《死線上》、陳白塵的《漩渦》等。這些書均屬文學範疇，多為小說、詩歌、文藝理論和譯著，大都具有唯美色彩，很少有暢銷書。」學者倪墨炎說：「從金屋的書目看來，邵洵美辦書店，根本不圖經濟利益，只是為自己出書方便，為朋友和朋友的朋友出書方便。有朋友求他，他會豪爽地給予幫助，有些書稿接受下來，書還沒有出他會先付稿酬。金屋書

（右）滕固《平凡的死》、（中）《金屋月刊》、（左）《獅吼》半月刊

店雖然沒有出版轟動一時或在文化史上有一定地位的書，但也沒有出不堪一讀的書。」

同年七月，邵洵美又主編復刊《獅吼》半月刊，至年底共出版十二期。一九二九年一月，由邵洵美、章克標共同主編的《金屋月刊》創刊。一九三〇年九月，《金屋月刊》出至第十二期後停刊，獅吼社也解散。但在獅吼社基礎上形成的這個唯美—頹廢主義作家群，並未停止活動，他們仍以邵洵美、滕固和章克標爲中心，依託金屋書店及其後身——時代圖書公司爲陣地，繼續從事唯美—頹廢主義的文藝運動，直到三〇年代中期以後才漸漸分散。

邵洵美的第一本詩集《天堂與五月》一九二七年一月在光華書局印行，該詩集收錄的是他留學至回國期間的詩作。第二本詩集《花一般的罪惡》一九二八年五月在金屋書店出版，從詩集的名稱，就知是從波特萊爾的《惡之華》脫胎而來的。也許是因爲聲氣相求，同爲唯美派作家的張若谷對於邵洵美的詩表示了更多的理解，在《五月的謳歌者》中，他介紹了詩人，同時對《天堂與五月》表示了欣賞的態度。他指出，邵洵美吸收了西方文學資源，詩歌寫作深受法國惡魔主義的影響，歌頌色欲與肉感，在罪惡中找尋快樂，然而又有大膽的反抗，表現了熱情而又苦悶的靈魂。新月詩人陳夢家對於邵洵美的詩歌藝術也有一段優美的評價，他說：「邵洵美的詩，是柔美的迷人的春三月的天氣，豔麗如一個應該讚美的豔麗的女人（她有女人十全的美），只是那纏綣是十分可愛的。如其一塊翡翠眞〈洵美的夢〉，是他對於那香豔的夢在滑稽的莊嚴下發出一個疑惑的笑。如其一塊翡翠眞能說出話讚美另一塊翡翠，那就正比是洵美對於女人的讚美。」

當然負面的評價也一直存在著，在《花一般的罪惡》問世後，曾招致不少指責。有位化名孫梅僧的作者認爲：一、這部詩集使人看不懂，沒有線索可尋，對讀者不負責任；二、詩人深受唯美主義的影響，身上有莎弗和史文朋的影子，本應用全副精神去創造美，但卻完全走錯了路；三、詩歌有很多地方只是火、肉、吻、毒、蛇、唇、玫瑰、處女等的堆砌。這篇批評使邵洵美深爲不滿，並專門寫了一篇長文進行辯駁，認爲批評者沒有深入到詩歌藝術內部，只是用道德禮義來指摘，根本不懂詩。但是，孫梅僧的文章卻也點在了要害，他指出了邵洵美的師承對象——唯美主義，並且看到了其詩肉感、頹廢的一面。

一九二七年六月徐志摩和朋友們在上海創辦新月書店，次年三月《新月》月刊創刊。一九二九年新月書店因虧空太多，資金周轉不靈，徐志摩向邵洵美招股。邵洵美爲了徐志摩的情誼，結束了自己的金屋書店，將資金投入新月，以「邵浩文」的名義作爲發行人。後來更接任新月書店的經理，章克標回憶說：「洵美可以說是爲了志摩的緣故而去加入新月書店的。時爲一九三一年四月。他當然無法實幹，於是委託了林微音（案：海派的男作家）去上班，代行管理日常事物。志摩和洵美兩人擬訂了改革《新月》的辦法，要改變《新月》月刊的搖擺不定。他們先是想使《新月》側重文學藝術方面，少談政治，不參加爭權奪利，以省卻遭到許多麻煩，或者從這方面去打開出路，求得營業上的發展。但是這個設想提出之後，就被羅隆基一口否定。當時羅在編《新月》。他是熱心於政治的，不同意這種改變。」「新月書店改革的事情，因此議而不決，只能照舊拖延下去。洵美的設想，也因此落了空。不久徐志摩去北京所搭乘的飛機在山東濟南附近黨家莊的開山失事，志摩升天，洵美陷入於更加孤立的情勢，更加有力無處用，只好知難而退了。後來新月書店由胡適之同商務印書館談妥，歸商務接收，由商務出一筆錢，代新月清償債務，新月書店存貨全歸商務接收，新月書店出版的書冊可以由商務印書館繼續出版。這樣就結束了新月書店。」

而在《新月》月刊刊行期間，徐志摩、邵洵美、陳夢家、方瑋德、方令孺等人，在一九三一年一月二十日還辦了一個《詩刊》。開始由徐志摩主編，後由邵洵美接編，由新月書店發行。《詩刊》繼承《晨報．副刊》的詩歌作風，在刊行過程中，曾培養出陳夢家、方瑋德、卞之琳等有影響力的青年詩人。徐志摩死後，《詩刊》失去了領導人物，在一九三二年七月便宣告終刊，只出了四期。

做爲一個出版家，邵洵美可說是興致勃勃的，他幫助徐志摩的新月書店，後來他也接辦張光宇、正宇兄弟及葉淺予的《時代畫報》。而也因此成立「時代印刷廠」及「時代書局」。章克標這麼回憶的：「《時代畫報》那時用銅板印刷爲主，封面及裡面的彩色插頁用三色版，製版和印刷都較麻煩，而且價貴，對於用紙的要求也高，因之成本就高。如改用影寫版來印，製版可以簡單些，用紙的要求也不那樣苛刻，可以減低成本。要同《良友》競爭，這是一條路，洵美下決心要辦一個影寫版的印刷廠，一方面是爲印刷自家《時代畫報》，再是引進先進技術來推進中國的印刷事業。洵美果然變賣了一點房地

《時代畫報》

產，向德國洋行訂購了影寫版的比較新式的印刷機。開辦了時代印刷廠。同《時代畫報》出版機構合起來名叫時代圖書印刷發行公司，即包括時代書局及時代印刷廠兩個部分。」

一九三二年九月十六日，邵洵美與林語堂合辦《論語》半月刊。說到《論語》這份雜誌，一般人都將它歸功於林語堂，但實際上就和《論語》關係的密切程度，邵洵美實不亞於林語堂。除了出版發行和一切雜務瑣事都由時代書局包攬外，雜誌的盈虧也全部由書店承擔。在資金方面，林語堂一開始出了一些，第十期後就完全由邵洵美獨資。至於編輯人選，最先幾期，先後由章克標、孫斯鳴實際負責，到了十幾期，方由林語堂接替。邵洵美說：「這時候《論語》已日漸博得讀者的愛護，銷路也每期激增。林語堂先生編輯以後，又加了不少心血，《論語》

《時代電影》

便一時風行，『幽默』二字也成爲人人的口頭禪了。」後來林語堂因編輯費的事和章克標的矛盾逐漸加深。正巧此時良友圖書公司準備辦刊物，林語堂便以承包方式爲良友辦《人間世》，於是在二十八期後林語堂辭去編輯工作，改由陶亢德接編。後來陶亢德又去編《宇宙風》，自第八十二期起由郁達夫任編輯，但實際上是邵洵美主編。一一〇期起由邵洵美、林達祖合編，一直到終刊的一七七期（其中一一八～一二一期，四期由李青崖主編）。

邵綃紅說：「一九三五年是上海時代圖書公司最興旺的時期，一度同時出版七份雜誌，因其出版日期的參差，每隔五天就有兩份與讀者見面。總共算起來，那時『時代』旗下雜誌已有讀者近十萬。」據學者張偉的說法，當時「時代」號稱擁有九大刊物，按創刊時間依次爲：《時代畫報》（一九二九～一九三七）、《論語》（一九三二～一九三七，一九四六～一九四九）、《十日談》（一九三三～一九三四）、《時代漫畫》（一九三四～一九三七）、《人言周刊》（一九三四～一九三六）、《萬象畫報》（一九三四～一九三五）、《時代電影》（一九三四～一九三七）、《聲色畫報》（後改周報，一九三五～一九三六）、《文學時代》（一九三五～一九三六）。這些刊物裝幀漂亮，內容豐富，有些在當時堪稱獨樹一幟，起著引領時代潮流的作用。如《時代漫畫》出版時間長達三年半，擁有百人以上的作者群，發行數量達一萬冊，是民國期間我國出版時間最長、影響也最大的漫畫刊物。《人言周刊》兼蓄時論和文學作品，風格鮮明，出版期數多達一一五期，作者群包括胡適、郁達夫、林語堂等名家。

眉清目秀，長髮高額，有「希臘式完美的鼻子」的美男子邵洵美，在更多記載裡是有點「紈袴子弟」的味道。有人評價他年輕時的生活，幾乎就是《紅樓夢》裡描述的「大觀園」的翻版。他好酒好賭，陳定山在《春申舊聞》中就說過，經常在花木交蔭的宅第裡「一擲呼盧，輸贏百萬」，他們賭的籌碼，不是金錢而是道契。他講究雅賭，認為賭博有「詩意」，因此看不起那些世俗賭徒。據說，他越輸錢，詩寫得越好。他說：「一贏到心慌，詩就做不成了。」因此自稱「賭國詩人」。陳定山又說，他更有賈寶玉愛紅的毛病兒，因為皮膚太慘白，因此出門前要薄施些胭脂，他自稱這是學唐朝人風度。他和江小鶼一樣留著山羊鬍子，他覺得這樣才美。他愛畫畫、愛藏書、愛文學，在自家豪宅裡辦文學沙龍，來往的人川流不息。他為人寬厚仗義，無論好友或陌生人，他都常常接濟。

一九三五年年初，邵洵美結識了美國女記者項美麗。根據邵綃紅的〈項美麗其人其事〉一文，及香港學者王璞的《項美麗在上海》一書，我們得知項美麗原名艾米麗・哈恩（Emily Hahn），一九〇五年一月十四日生於美國密蘇里州的聖路易斯城。她一生寫作七十年，出版了五十二本書 。其中至少有十二本有關中國的。艾米麗出生在一個恪守傳統道德的德國移民家庭，父母都是猶太人。父親伊薩克・哈恩是個推銷員，長年出差在外，辛勤工作，養活妻子和六個孩子，是個負責的丈夫和父親。艾米麗十七歲進大學時，本想作個雕刻家或化學家的，後來卻作探礦工程師。她二十一歲拿到了威斯康辛大學工程系學士學位，成了該校工程系第一位女學士。大學一畢業，馬上就在家鄉聖路易斯的一家礦治公司找到了工作。

但她不安於現狀的個性，使她不久之後到了新墨西哥，然後又到了紐約。她進哥倫比亞大學讀研究生，在亨利學院（現紐約市大學）教書，間或爲報刊寫稿。一九二九年夏天的某個下午，她與《紐約客》（*New Yorker*）主編哈羅爾德・羅斯（Harold Ross）的會見，這是艾米麗一生中相當重要的事件。事實上，艾米麗與《紐約客》的關係一直延續到她去世，長達六十七年。她是《紐約客》資歷最老的作者。《紐約客》爲她提供的那間寫作室，一直保持到她去世。

一九三〇年艾米麗的第一本書《初出茅廬者手冊》（*A Beginners Handbook*）出版，她拿到五百元稿費之後，她便到非洲旅行，實現自己的夢想。她跟紅十字會一起至比屬剛果一個醫院的前哨站工作了兩年，曾在叢林中矮小的黑人部落裡生活。回到美國之後，她又到牛津大學讀研究生，在紐約和好萊塢寫故事和電影腳本，出版了《剛果獨奏樂》（*Congo Solo*）和《光腳人的悲歌》（*With Naked Foot*）。有一度她還曾任英國、歐洲和北非一些報刊的通訊記者。

作爲《紐約客》的中國海岸通訊記者，艾米麗在一九三五年踏進了動盪的中國，她原先只準備在上海做短暫的逗留，但沒想到後來卻一住就是五年。首先，艾米麗在上海見到了弗雷茲夫人，她是在芝加哥時她二姊羅絲的朋友，一位失意的離婚女子，她來上海嫁了位有錢的股票經紀賈斯特．弗雷茲。公關活動能力驚人的她，不久就成了上海大班太太們的首腦人物。盛佩玉在〈憶邵洵美〉一文說：「洵美婚前常去跑馬廳市政府，觀看外國音樂會的節目，也就認識了一些樂隊裡的外國人，由派西介紹認識一位徐娘半老的交際家、外國婦女弗雷茲，……美國女作家項美麗，經弗雷茲介紹，來過我家。她要寫作，但不懂中國的一切，全靠洵美翻譯。」當艾米麗在弗雷茲夫人的國際藝術劇院初見邵洵美時，還只是一個外國女子對一位異國美男子的自然反應，沒有特別意義。令他們一見鍾情的相遇，發生在一次晚宴。那是弗雷茲夫人無數次聚宴的一場。就在他們相遇的第一次晚宴，就在邵洵美給她起了中國名字——項美麗。這時雖然項美麗已作了《字林西報》記者，並在江西路租了套房子，她仍然想著要離開中國。就在送走姊姊海倫回美國的路上，她都差點兒想跟著姊姊走人。而使得她突然對上海這個城市由厭生愛的關鍵，不是物價，不是開心派對，也不是寫作計畫，只是愛情，是她與邵洵美的相愛。

項美麗看到，邵洵美並不只是一個外貌俊美的沙龍闊少，更不是個英文流利、言談機智的洋場小開，他是位風格獨特的詩人，倡導新詩，不遺餘力。他還熱衷於出版，不說是毀家紓文學，亦可以說是傾其財力支撐起當時文學出版的一方天地了。最令項美麗動心的還是邵洵美的性格，他熱情洋溢，對世界充滿好奇心。與項美麗自己的性格正是相得益彰。說一口柔和好聽的英文，卻永遠穿著一件中式長衫。他是六個弟妹的兄長，五個孩子的父親，卻從來不失赤子之心。無論是頻頻的家變，還是步步進逼的戰禍，都不能消磨他對這大千世界的愛心。他是世俗的，又是超脫的，前者是對世界的瑣碎之處而言，後者是對人生的的虛幻之處而言。人人都能踏到人生的實處，可是要能夠領會它那一腳踏空之處的幽默，卻需要愛心，還有靈氣。這正是項美麗最欣賞邵洵美的地方。

而通過邵洵美，項美麗與林語堂、溫源寧、葉秋源、全增嘏、吳經熊等一批精通英語的中國學者相熟，他們全是英文雜誌《天下》月刊的編輯，項美麗也為《天下》撰稿。那時她還兼任上海海關學院的英文教師，一度擔任過上海《大美晚報》和《字林西報》的職員。項美麗以作家天賦的敏銳眼光，看中國人的生活習慣、風俗傳統、思想情感與處世為人的態度，寫下了許多精彩的文章，寄回美國發表。這些文章後來匯集成《累累履痕》（*Times and Places*）和《潘先生》（*Mr. Pan*）出版。邵綃紅說：「我父親有個筆名"**Pan Heaven**"音譯為『潘海文』，也可以意譯為『筆天下』。這本書講的是我父親的處世為人的故事，父親頗有一個書生的書呆子氣，所以這本書也可以譯為《書呆子》。」

而盛佩玉在回憶錄中寫到項美麗時說：「她身材高高的，短黑色的頭髮，面孔五官都好，但不藍眼睛。靜靜地不大聲說話。她不胖不瘦，在曲線美上差一些，就是臀部龐大。……她是位作家，和洵美談英文翻譯。如來我家吃飯，便從吃飯筷子到每個小菜都翻譯了，她倒是精心地聽著、學著。她和我同年的，我羨慕她能寫文章獨立生活，來到中國、瞭解中國然後回去向西方介紹中國的文化。我對她的印象很好，她也一見如故。洵美懂得的事很多，學貫中西，她找到洵美這條路是不差的。」

其實早在與邵洵美熱戀初期，項美麗已經看出了她與邵洵美這場戀愛沒有結果的。因爲邵洵美是永遠不會離開他的妻子。項美麗陷入愛情僵局，她也曾經嘗試自拔過。在一九三六年春天，她曾試圖愛上一位名叫傑恩的波蘭外交官。她在給母親的信中，並宣稱打算嫁給他，或是跟他生個孩子。這一插曲隨著傑恩調到北京而曲終人散。接著她又交了個英國海軍軍官。此人名叫羅伯特。羅伯特隸屬的英國皇家海軍艦隊駐紮在南京。「八一三戰爭」爆發時項美麗和女友瑪麗正好去南京，就是爲了去跟羅伯特會面。但她跟羅伯特卻無法像跟邵洵美那樣親密無間，項美麗覺得她與他是格格不入。是戰爭成全了她和邵洵美的婚姻的，這時邵洵美夫婦共同商量把她娶進門來，如此她將可名正言順成爲邵家一員，提供了她的安全保障。

「八一三戰爭」爆發後，也打破項美麗生活的平靜，她耳聞「南京大屠殺」的血腥，目睹上海人遭受的災難，十分憤然。邵綃紅回憶當年逃難的情形說：「我父母倉皇中只來得及帶點細軟和被褥，與我們五個孩子和傭僕逃離楊樹浦。大批衣物、箱籠、家具、書畫以及父親印刷廠的機器設備都還留在那裡。幸得蜜姬（案：項美麗）之助，她找英國巡捕行（即警察局）的友人幫忙，由英國巡捕陪同，她親自帶十名俄羅斯工人用卡車把我家的東西連同德製影寫版印刷機，一車車駛過有日本兵把守的外白渡橋搬出來。」

一九三八年九月，邵洵美創辦起抗日宣傳雜誌《自由譚》月刊。邵綃紅說：「項美麗同情中國人民抗日，與我父親合作出版其英文姊妹版月刊 *Candid Comment*（暫譯爲《公正評論》）。爲了父親的安全，兩份刊物都由項美麗充當公開的主編與出版人，後者名義由《大美晚報》社發行，其實是秘密發行的，由我父親駕車，時代圖書公司的老職員

（上）項美麗《我的中國》
（下）封面上「自由譚」為邵洵美手跡

王永祿先生夜間到洋人住宅偷偷散發，我母親也參加過散發。爲了 *Candid Comment*，項美麗受到日本特務的威脅與利誘。她非但不爲所動，反而義正辭嚴地駁斥他們，但該刊出了八期後還是不得不停刊了。」*Candid Comment* 的第三期（1938.11.1）至第六期（1939.2.9）連載了毛澤東《論持久戰》的譯文，由中共地下黨員楊剛翻譯。楊剛時年僅二十多歲，公開身分是《大公報》駐美記者。楊剛和項美麗是好朋友。當時，毛澤東還特地爲英譯本《論持久戰》寫了一篇序言，也由楊剛一起譯就。接著，楊剛和中共地下黨組織將這部譯稿的秘密排印任務鄭重託付給了邵洵美。《論持久戰》英譯本歷時兩個月才印出，共印了五百冊。一部分由楊剛通過中共地下管道發行，一部分由邵洵美和王永祿秘密投遞到在滬的外籍人士的信箱裡。

一九三九年六月，爲了避開敵僞要暗殺他的風頭，也爲了幫助項美麗蒐集材料，寫 *The Soong Sisters*（《宋氏三姊妹》），邵洵美陪同項美麗赴香港訪問宋靄齡。邵綃紅說：「在獲得宋靄齡的首肯與配合後，蜜姫於一九三九年離開上海，其後兩年多她輾轉香港與重慶採訪宋氏姊妹，取得許多第一手資料。在重慶，在日機狂轟濫炸的硝煙中，她寫完了 *The Soong Sisters* 一書。在序中，她首先感謝邵洵美爲她蒐集資料並譯成英文供她寫作之事。」該書一九四一年在美國出版。這是第一本有關宋氏姐妹的書，當即成爲暢銷書。它令項美麗一舉成名，也讓她從此可以靠寫作爲生。出版過六本書、並在《紐約客》

上寫專欄達十年之久的項美麗，至此，才令美國讀者對她刮目相看。不過，也因寫這本書她與邵洵美天各一方，這本書也讓他們的愛情，走到了終點。

在完成 *The Soong Sisters* 書後，項美麗原打算返回美國，途經香港時她遇到舊友查爾斯・鮑克瑟（Charles Boxer）。他是一名英國情報軍官。他出身軍人世家，受過良好教育。精通多國語言，其中包括日語。這是他被派到香港的主要原因。查爾斯熱衷歷史研究，早在三十年代他在香港服役時期，就開始利用業餘時間研究遠東歷史。他寫了一些關於十八世紀荷蘭和葡萄牙在遠東地區商貿活動的文章，投到《天下》發表。也是因此，他認識了常在這份雜誌上寫書評的項美麗。他當時曾追求過項美麗不得而結婚了，但再度聚首時，查爾斯已經和妻子分居了。項美麗與他相愛而同居，並生下一女。邵綃紅說：「太平洋戰爭爆發後，日軍佔領了香港，受槍傷的查爾斯被關進了集中營。蜜姬以『邵洵美的妻子』的身分，取得中國人的證件，倖免於難。帶著嬰兒逗留香港，不時往集中營給挨餓的查爾斯和友人們送食品。一九四三年，她與女兒 Carola（卡洛拉）被遣返美國。直到一九四五年戰後，查爾斯才歸來與蜜姬正式結婚，後來又生了小女兒 Amanda（阿曼達）。」

邵綃紅又說：「一九四六年我父親爲幫助籌建農業電影製片廠，與曾在上海辦過電影製片廠的顏鶴鳴先生同行赴美購買電影器材，他到好萊塢考察後至紐約拜訪鮑克瑟夫婦，三人歡聚暢敘別情，開懷大笑。」這也是邵洵美此生最後一次和項美麗的見面。

其實據章克標說在與項美麗交往期間，邵洵美還有一個情人叫陳茵眉的。作家趙柏田說：「一九三六年春天，又一個女人在邵洵美的生活中出現了。她叫陳茵眉，這年十九歲，江蘇溧陽人，是來邵家做幫傭的。這個鄉下來的姑娘身材高眺，一雙眼睛黑亮有神。時日一久，邵少爺難免不心動。比之夫人那朵富貴花，陳姑娘這朵鄉野小花自有她的動人風情。」後來兩人同居，大夫人盛佩玉則另房居住。

朱小棣在〈千金散盡老來窮，一生知己紅顏眾〉文中說：「不料人在家中坐，禍從天上來。一九五八年的邵洵美正和他的如夫人陳茵眉及其所生四個子女住在一起。……公安局突然來人將邵洵美抓進監獄，以『帝國特嫌』關押了三年半之久。起因原是邵洵美的六弟在香港告急，經濟困難，大哥除寄去心愛珍貴郵票讓其拍賣，還託人從香港寄信給美國，設法聯繫艾蜜莉求助。邵洵美鋃鐺入獄後，失去生活來源的陳茵眉一家，只好又投奔盛佩玉。兩個月後，大小夫人均被動員去甘肅落戶。後來盛佩玉決定去跟住在南京的女兒過，陳茵眉一家只好回江蘇鄉下跟父母住，靠跑單幫生活，直到邵洵美出獄後，三人才在上海團圓。隨後盛佩玉重回南京跟女兒過，邵洵美仍和陳茵眉一家在上海，靠翻譯稿費爲生。幸虧老友周熙良幫忙，人民文學出版社上海分社每月發給一百二十元預支稿費。文革伊始，生活來源頓成問題。老友施蟄存月送五十元救急，幾個月後泥菩薩過河自身難保，還是靠盛佩玉從兩個女兒處得錢每月救濟三十元，以及陳茵眉四處問人借貸。貧病交加的邵洵美終於在一九六八年離開人世。」

邵綃紅說，自解放後，幾十年她們和項美麗天各一方，不通音訊，連邵洵美病逝都無法通知到她，一直到一九八八年九月才取得聯繫。「一九八九年我母親患肝硬化輾轉病榻，蜜姬急忙寄來五百元美金給母親買藥。經過文革的衝擊，母親沒能保存住蜜姬過去的照片，只是叫我把兩張蜜姬鍾愛的『密爾斯先生』的照片寄還給她，她收到後非常快活。我母親不幸病入膏肓，於同年九月病逝。」

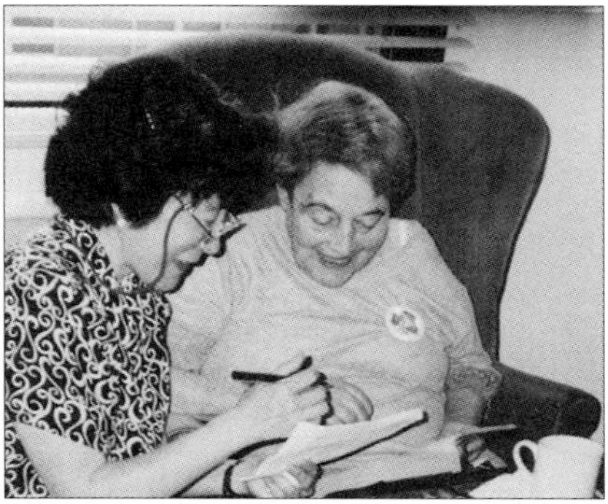
邵綃紅與項美麗在紐約

一九九五年三月，邵綃紅在紐約第十六街項美麗的府上和她又見面了，那是分別五十六年後的重逢。邵綃紅說：「我給她講了父親後半生的生活，晚年翻譯雪萊、拜倫等情形，也提起父親寫給她的一封她永遠收不到的信。她讓我在臥室裡翻一隻抽屜，找出許多泛黃了的照片，有她與我母親在蘇州的合影，有父親和上海海關學院師生遊黃山照的。有一張我父親的面部小照，那是我從沒見過的。我竟然翻出一張我自己和姊姊小時候的照片，放大了的。兩個小姑娘穿著小旗袍，我光著頭，挺著圓圓的小肚皮，瞪著大眼睛。她又尋出父親刊在《天下》月刊的另一篇文章的散頁，題目是『Confucius On Poetry』（〈孔夫子論詩〉），題下印了父親那張小照片，是份複印件。」一九九七年二月十七日，項美麗病逝於美國紐約，享年九十二歲。

滄桑看虹

沈從文的一次「偶然」

一九九六年由沈從文的次子沈虎雛編選，沈從文的夫人張兆和審核的《從文家書——從文兆和書信選》出版了。這些書信起於一九三〇年，迄於一九六一年，除少數曾經發表過，餘皆從未面世，它們經歷戰火動亂幸而留存，更顯得彌足珍貴。而這些書信也提供了一條過去鮮爲人知的心靈線索，讓我們更接近更眞實可信的作家本人。

一九二八年沈從文爲了應付生活，經徐志摩介紹，進上海中國公學主講大學部一年級現代文學。在聽課的學生中，有一位剛從預科升入大學部一年級的女生，名叫張兆和，時年十八，面目秀麗，身材窈窕，性格平和文靜，學生公認她爲校花。她出身名門望族，曾祖父張樹聲，爲同治年間李鴻章統率的淮軍中著名將領，曾出任兩廣總督和直隸總督。父親張武齡，繼承一份厚實的家產，後遷居蘇州，獨資創辦平林中學和樂益女中。此時的沈從文已經二十六歲，早已過了一般人論婚娶的年齡。張兆和的美貌和沉靜，強烈地搖動著他，令他目眩神迷。然而口齒木訥的他，總是「愛在心裡口難開」，於是他只得用他那支筆，給張兆和寫起情書來了，而且一發不可收。可是張兆和收到情書時，謹守教養的她，卻緊張得有點不知所措，最後她聽任一封封情書而置之不理。但這下卻把沈從文急壞了，他的煩躁不安，不知怎樣，很快在校園傳開。張兆和的幾位女友勸她說：「你趕緊給校長講清楚，不然沈從文自殺了，要你負責。」張兆和也緊張起來，她帶著一摞情書，急忙找到校長胡適，怯怯地說：「你看沈先生，一個老師，他給

年輕時的沈從文

我寫信……我現在正念書，不是談這事的時候。」她希望得到胡適的支持，出面阻止這事的進一步發展。沒想到胡適卻微笑著對她說：「這也好嘛！他的文章寫得蠻好，可以通通信嘛。」此時，張兆和不免有些尷尬，言不及義地與胡適談了一會就告辭了。自此以後，張兆和只好抱定你寫你的，與我何干的態度。而早已知情的胡適，在給沈從文的信中只好無奈地嘆道：「這個女子不能瞭解你，更不能瞭解你的愛，你錯用情了。」然而沈從文卻憑著他那鄉下人特有的韌勁，在長達三年零九個月的時間鍥而不捨地追求他的愛，他相信，「她現在不感到生活的痛苦，也許將來她會要我，我願意等她，等她老了，到三十歲。」

「我說我很頑固地愛你，這種話到現在還不能用別的話來代替，就因爲這是我的奴性。」「我行過許多地方的橋，看過許多次數的雲，喝過許多種類的酒，卻只愛過一個正當最好年齡的人。」「『萑葦』是易折的，『磐石』是難動的，我的生命等於『萑葦』，愛你的心希望它能如『磐石』」「精誠所至，金石爲開。」沈從文正是以堅如磐石、矢志不移的追求，令一向雅靜平和又不乏堅強韌性的張兆和，在三年多之後來到他的身邊。兩個「極端頑固」的靈魂，終於結出完美的愛情果實。這其中也折射出沈從文性格中某些最爲可貴的光華。正如他在〈水雲——我怎麼創造故事，故事怎麼創造我〉一文中談到自己的婚姻時，曾自豪地說：「關於這件事，我卻認爲是意志和理性作成的。恰如我一切用筆寫成的故事，內容雖近於傳奇，由我個人看來，卻產生於一種計畫中。」

一九三三年夏，沈從文辭去青島大學教職，與張兆和、九妹沈岳萌一起到了北京，這時他倆的愛情之果，也到了成熟的階段。九月九日，他們在北京中央公園水榭宣佈結婚。婚事辦得極爲簡單，沒有儀式，也沒有主婚人、證婚人，因爲生活實在太窮了。新居在西城達子營，新房內沒有什麼陳設，兩張床上，各罩一幅錦緞百子圖罩單，是梁思成、林徽音夫婦送的，這才稍微顯得些喜慶氣氛，但有情人

沈從文與張兆和，攝於一九三四年

終成眷屬了。

新婚蜜月期間，沈從文開始他的《邊城》的寫作，直至一九三四年初春才完成。沈從文後來在〈水雲〉文中說：「這本小書在讀者間得到些讚美，在朋友間還得到些極難得的鼓勵。可是沒有一個人知道我是在什麼情緒下寫成這個作品，也不大明白我寫它的意義。即以極細心朋友劉西渭先生批評說來，就完全得不到我何如用這個故事，塡補我過去生命中一點哀樂的原因。唯其如此，這個作品在我抽象感覺上，我卻得到一種近乎嚴厲譏刺的責備。」沈從文更進一步地道出，《邊城》是他將自己「某種受壓抑的夢寫在紙上」。沈從文提到在他幸福的新婚生活中，之所以寫這樣一個悲劇故事，是因為「完美的愛情並不能調整我的生命」，還需要寫另一種「和我目前生活完全相反，然而與我過去情感又十分相近的牧歌」，於是他把青島生活的感受和「我的過去痛苦的掙扎，受壓抑無可安排的鄉下人對於愛情的憧憬」，借這個不幸愛情故事得到「排泄和彌補」。因此學者劉洪濤認爲《邊城》是沈從文在現實中受到婚外感情引誘而又逃避的結果。他說：「浪漫的愛情走向實際的婚姻，沈從文在精神上逐漸生出厭倦疲乏的心緒，是肯定的；同時，令沈從文動心的其他女子可能已經出現在他的生活中，《邊城》中人事處處透著『不巧』和『偶然』，是不是對婚姻的追悔的反映？」①

早在金介甫（Jeffrey C. Kinkley）寫《沈從文傳》（*The Odyssey of Shen Congwen*）

沈從文與張兆和，一九三五年攝於蘇州

（史丹福大學出版社，一九八七年）時，就認爲沈從文的散文〈水雲〉是寫他婚外戀情的作品。〈水雲〉寫於一九四二年的昆明，是沈從文對他自己從一九三三年以來十年間情感與寫作歷程的自白。金介甫認爲在文中沈從文把跟他有過纏綿繾綣之情的女性，一一作了訴說。只是該文寫得撲朔迷離，甚難窮盡原旨。金介甫曾統計〈水雲〉文中共寫了四個「偶然」。他根據《沈從文文集》（香港三聯書店，一九八四年）第十卷二七一至二七二頁提到了第一個「偶然」：沈爲了「抵抗」這個姑娘的逗引，就寫了《八駿圖》。此人大概是俞珊。在〈水雲〉二七五至二七九頁上，沈寫了當年在熊希齡的香山別墅華貴客廳裡和這位熊家家庭教師邂逅傾談的情景。第三、第四個「偶然」在二九〇至二九三頁（此人可能是昆明的高青子），這個人離開他後，沈說「雲南就只有雲可看了」！而「那個失去了十年的理性，才又回到我身邊」。這個「偶然」是否是前面提到的三位中的一個呢？其間撲朔迷離的說法，使人猜測這四個「偶然」也許說的是一個人，不過在沈的生活中多次出現而已。

金介甫的推斷沒錯，這個外遇的對象是後來出過集子的女作家高韻秀，筆名高青子（只是金介甫把她誤爲女詩人，其實她是寫小說的）。沈、高兩人具體認識的時間難以確認，學者劉洪濤認爲應該在一九三三年八月以後，最遲不會晚於一九三五年八月。據沈從文〈水雲〉文中觀之，高青子是熊希齡的家庭教師，沈從文有事去熊希齡在香山的別墅，主人不在，迎客的是高青子，雙方交談，都留下了極好的印象。一個月後，他們又一次相見，高青子身著「綠地小黃花綢子夾衫，衣角袖口緣了一點紫」，沈從文發現高青子是看過他的小說的，她的裝束就是模仿他小說〈第四〉裡的女主人公的裝扮，當沈從文把這點秘密看破，而高青子亦察覺自己的秘密被看破時，雙方略有尷尬和不安，但隨即有所會心，他們開始交往了。由此可知高青子是個慧心的文藝少女，據筆者訪問高齡九十五歲的同時代女詩人徐芳，她表示高青子是福建人，當時只是高中畢業，但對於文藝頗爲喜好，後來她的寫作和沈從文的鼓勵和提拔有極大的關係。

一九三三年九月二十三日天津《大公報．文藝副刊》創刊，在這之前是吳宓主編的「文學副刊」，那不是純粹的新文學刊物，用的還是大量的文言文。而楊振聲、沈從文接編的「文藝副刊」，是以文學創作爲主，小說、詩歌、散文、戲劇全部顧及，沈從文號召了一批著名的作家有朱自清、周作人、蹇先艾、巴金、老舍、朱光潛、李健吾，也有新作家何其芳、卞之琳、李廣田、蕭乾等，當然更多的是不知名的年輕作者。文藝少女高青子可能就在此期間進入沈從文的視野。

著名的中國問題學者費正清（John K. Fairbank）的夫人費慰梅（Wilma Fairbank）女士在她的《梁思成與林徽音》（*Liang and Lin*）一書中，就提到沈從文，她說：「一九三四年，他當上《大公報．文藝副刊》的主編，而徽音的大部分作品都在那裡發表。他和徽音差不多年紀。徽音很喜歡沈從文作品的藝術性和所描述的那種奇異的生活——距離她自己的經歷是如此遙遠。他們之間發展出一種熟稔的友誼，徽音對沈從文有一種母親般的關懷；而他，就和親兒子一樣，一有問題就去找她商量，找她想辦法。一個例子是，沈從文所愛的年輕妻子回南方娘家去了，把他一個人暫時留在北京。一天早晨他幾乎是哭著趕到梁家，來尋求徽音的安慰。沈從文告訴她，他每天都給妻子寫信，把他的感覺、情緒和想法告訴妻子。接著，他拿出剛剛收到的一封妻子來信給她看，就是這封信造成他的痛苦。他寫給妻子一封長信，坦白地表明他對北京一位年輕女作家的愛慕和關心，其中一句傷心的話引起了他妻子的嫉恨。他在徽音面前爲自己辯護。他不能想像，這種感覺同他對妻子的愛情有什麼衝突。當他愛慕和關心某個人時，他就是這麼做了，怎麼可能不寫信告訴妻子呢？他可以愛這麼多的人和事，他就是那樣的人嘛。」費慰梅的消息得自林徽音給她的英文書信，有其可靠的一手資料。

而證之於高青子發表於一九三五年末的《國聞周報》第十三卷四期的小說〈紫〉，與沈從文當時的處境是若合符節的。故事從主人公的八妹角度觀之，敘述主人公與兩個女子之間的感情糾葛，在已有未婚妻珊的情況下，又「偶然」遇到並愛上穿紫衣、有著「西班牙風」的美麗女子——璇青（案：沈從文常用筆名「璇若」，「璇青」的靈感來自「璇若」＋高青子）於是主人公在兩個女子之間徘徊，激情與克制、逃避與牽掛，營造出矛盾又淒美的心靈風景。故事的八妹，實際上就是沈從文的九妹——沈岳萌。沈從文後來在〈水雲〉中曾提到幫這個「偶然」修改過文字，應該就是高青子的〈紫〉這一篇，而且〈紫〉又是在沈從文主編的《國聞周報》上發

才貌兼具的林徽音

高青子的作品

表的。高青子後來還有一篇〈灰〉，也是發表在《國聞周報》第十四卷三期。另外〈畢業與就業〉則是發表在同爲沈從文主編的天津《大公報．文藝副刊》一○二期（一九三六年三月一日）；〈黃〉則發表於《大公報．文藝副刊》二○二期（一九三六年八月二十三日），都和沈從文有極大的關係。不僅如此，後來高青子將〈紫〉、〈黃〉、〈黑〉、〈灰〉、〈白〉及〈畢業與就業〉六篇小說，集結成《虹霓集》，於一九三七年由上海商務印書館出版。女詩人徐芳就明確指出是沈從文出的力。徐芳與沈從文是熟識的，早在一九三五年十一月《大公報．文藝副刊》每月出版兩期《詩刊》，由孫大雨、梁宗岱、羅念生集稿，當時在沈從文的約稿名單中，就有女詩人徐芳。

學者劉洪濤在一九九七年時，曾就高青子之事，訪問過張兆和女士，張兆和對該事雖經過了半個世紀仍耿耿於懷。她承認高青子長得很美，親友們曾居中勸解，有人甚至要給高青子介紹對象，以了結她和沈從文的關係。其中翻譯家羅念生，就是「對象」中的人選，但此事並沒結果，後來羅念生在一九三五年冬，與擅長青衣的馬宛頤結婚了。

沈從文的性格不是剛烈、果斷的那一種，他雖然情感上受到高青子的吸引，但理智

（右）沈從文夫婦及九妹沈岳萌
（左）抗戰前在北平的沈從文

上還是要留在張兆和身邊。因此此時的沈從文在感情上是矛盾與痛苦的，他曾向林徽音傾訴過，林徽音在一九三六年二月二十七日回覆沈從文的信中，這麼說：「……接到你的信，理智上，我雖然同情你所告訴我你的苦痛（情緒的緊張），在情感上我都很羨慕你那麼積極那麼熱烈，那麼豐富的情緒，至少此刻同我的比，我的顯然蕭條頹廢消極無用。你的是在情感的尖銳上奔進！……你希望抓住理性的自己，或許找個聰明的人幫忙你整理一下你的苦惱或是『橫溢的情感』，設法把它安排妥貼一點，你竟找到我來，我懂得的，我也常常被同種的糾紛弄得左不是右不是，生活掀在波瀾裡盲目的同危險周旋，累得我既爲旁人焦灼，又爲自己操心，又同情於自己又很不願意寬恕放任自己。……」

在這同時林徽音也把這件事寫信告訴好友費慰梅，她信中這麼寫著（案：根據梁從誠先生的譯文）：「要是我寫一篇故事，有這般情節，並（像他那樣）爲之辯解，人們會認爲我瞎編，不近情理。可是，不管你接受不接受，這就是事實。而恰恰又是他，這個安靜、善解人意、『多情』而又『堅毅』的人，一位小說家，又是如此一個天才。他使自己陷入這樣一種感情糾葛，向任何一個初出茅廬的小青年一樣，對這種事陷於絕望。他的詩人氣質造了他自己的反，使他對生活和其中的衝突茫然不知所措，這使我想到雪萊，也回想起志摩與他世俗苦痛的拚搏。可我又禁不住覺得好玩，他那天早上竟是那麼的迷人和討人喜歡！而我坐在那裡，又老又疲憊地跟他談，罵他、勸他，和他討論生活及其曲折，人類的天性、其動人之處及其中的悲劇、理想和現實！過去我從沒想到過，像他那樣一個人，生活和成長的道路如此地不同，竟然會有我如此熟悉的感情，也被在別的景況下我所熟知的同樣的問題所困擾。……」

一九三七年「七・七」抗戰爆發，沈從文在同年八月十二日，離開北平，南下武漢、長沙。一九三八年四月經貴陽到達昆明。而當時張兆和剛產下次子虎雛，身體虛弱，並沒有與沈從文同行，她一直到一九三八年一月時，才攜龍朱、虎雛二子輾轉來到昆明與沈從文團聚。一九三八年詩人徐芳也來到昆明，據她說她當時住在昆明市玉龍堆四號，她和張敬小姐（後來成了林中斌的母親，林在台灣，曾任國防部副部長）住一間房，而高青子和熊瑜（熊希齡的姪女）則住一間房，她們共用一間客廳。

一九三九年六月二十七日，國立西南聯合大學常務委員會第一一一次會議通過決議：「聘沈從文先生爲本校師範學院國文學系副教授，月薪二百八十元，自下學年起聘。」而高青子因沈從文的推薦也在西南聯大圖書館任職，我們從教職員名錄中查到：「圖書館員高韻秀，到職時間爲一九三九年六月，離職時間爲一九四一年二月。」在昆明期間兩人同在西南聯大，他們的交往就更加密切了。徐芳在訪談中表示當時對他們兩人的往來，流言是頗多的，主要在於沈從文早已有了家室了。而作家孫陵在《浮世小品》書中，有著近距離的觀察，他說：「沈從文在愛情上不是一個專一的人，他追求過的女人總有幾個人，而且，他有他的觀點，他一再對我說：『打獵要打獅子，摘要摘天

徐芳在北海公園

沈從文夫婦與兒子沈虎雛

上的星子，追求要追漂亮的女人。』他又說：『女子都喜歡虛情假意，不能說眞話。』他對於女人有些經驗，他對我說的是善意的，我複述也並無惡意，雖然我並不同意。這時他還發表了一篇小說，《看虹摘星錄》，完全是摹擬勞倫斯的，文字再美又有何用？幾位對他要好的朋友，都爲了這篇小說向他表示關心的譴責。他誠懇地接受，沒有再寫第二篇類似的東西。」

沈從文在一九四一年七月寫成小說《看虹錄》，後來在一九四三年三月重新改寫，並發表於同年七月十五日的《新文學》第一卷第一期。故事敘述一個作家身分的男子，在深夜去探訪情人，窗外雪意盎然，室內爐火溫馨，心靈早已相通的兩人，在這愉悅的氣氛中放縱了自己，他們向對方獻出自己的身體。小說插入大量抽象的抒情與議論來體現沈從文的獨特思索，他進行多種文本的實驗，既有隱喻的語言模式，又有轉喻式的多種故事結構方式，再加上佛洛伊德的心理分析，過多的技巧實驗，壓垮故事的情感敘述，再加上沈從文刻意要把這段婚外情，寫得隱晦，因此這小說是晦澀難懂的。「一篇錦瑟解人難」，其最大的原因，在於大家沒有找到小說的本事，而把它解釋成哲學上的形象思維，那眞是有點「癡人說夢」了。而左翼批評家的交相指責他寫色情，或是後來郭沫若甚至直接對他貼上「桃紅色」作家的標籤，則不是膚淺的皮相之論，就是在政治上別有用心。

「虹」是美的象徵，沈從文的「看虹」，可解釋爲對美好女性的追求。它指向的正是高青子，何況高青子的小說集，不正是名爲「虹霓」嗎？金介甫也認爲〈看虹錄〉的女主角，也正是〈水雲〉裡的「偶然」。他說：「我曾寫信問過沈夫婦，打聽〈水雲〉中的偶然到底是誰？沈在一九八五年三月九日回信中只簡單說了一句『的確有過這樣的人』。據作家金隄說，〈看虹錄〉裡寫的那個房間他很熟悉，寫的正是昆明的沈家。一九八二年金隄向沈夫婦打聽過這件事。張兆和說，沈當時不讓她讀〈看虹錄〉。金隄問到這篇小說的眞實性時，沈只是笑而不答。『但他的笑說明，小說中必定有某種程度的眞實性。』金隄揣測是沈憑想像把姑娘寫進他的房間。金隄告訴沈夫人說，這篇小說可能表達作者的一種幻想。沈夫人說，這篇小說可能一半是眞情，一半純屬幻想。我也有這種看法。」②

其實更直接而權威的說明，是沈從文自己。他提到他在〈看虹錄〉的「屈服」是：「火爐邊柔和燈光中，是能生長一切的，尤其是那個名爲『感情』或『愛情』的東西。……一年餘以來努力的退避，在十分鐘內即證明等於精力白費。」「我眞業已放棄了一切可由常識來應付的種種，一任自己沉陷到一種感情漩渦裡去。」

晚年的沈從文與張兆和

美麗的虹彩是轉瞬即逝的，短暫的婚外戀情，也總不敵長久的婚姻，於是「那個失去了十年的理性，才又回到我身邊」！高青子最後選擇了退出沈從文的生活，時間大約是一九四二年。於是沈從文寫道：「因爲明白這事得有個終結，就裝作爲了友誼的完美，……帶有一點悲傷，一種出於勉強的充滿痛苦的笑，……就到別一地方去了。走時的神氣，和事前心情的煩亂，竟與她在某一時寫的一個故事完全相同。」這裡沈從文提到的那個故事，也就是高青子的〈紫〉，那是高青子寫她和沈從文的婚外戀的故事，故事結尾是女主角最後像流星般地劃過天際，不知所終，而在現實中高青子也倏然飄引，聽說後來跟了一位工程師結婚了。

一九九五年張兆和在編完《沈從文家書》，寫下〈後記〉說：「六十多年過去了，面對書桌上這幾組文字，校閱後，我不知道是在夢中還是在翻閱別人的故事。……有微笑、有痛楚；有恬適、有憤慨；有歡樂，也有撕心裂肺的難言之苦。從文同我相處，這一生，究竟是幸福還是不幸？得不到回答。我不理解他，不完全理解他。後來逐漸有了些理解，但是，眞正懂得他的爲人，懂得他一生承受的重壓，是在整理編選他遺稿的現在。過去不知道的，現在知道了；過去不明白的，現在明白了。他不是完人，卻是個稀有的善良的人。」這是和沈從文攜手走過半個多世紀的張兆和的肺腑之言。在這漫長的歲月中，無論是戰亂中的苦苦分離，或是三五日短暫小別，魚雁尺素始終心連心。沈從文獨特的生命體驗、曲折的心路歷程，以及過人的才情，都悄悄地滲透在他給張兆和的書信中，當然這還包括他倆半世紀以來，相濡以沫的至性至情的詩篇！

註

①劉洪濤〈沈從文與張兆和〉，《新文學史料》二〇〇二年第四期。
②金介甫一九八二年五月二日訪問金隄的談話。

多情應笑我

梁宗岱的反叛與追尋

胡適在一九三四年四月十八日的日記中說：「梁宗岱婚變案，自前星期日梁夫人親筆寫信委託我與受頤爲全權代表後，昨夜受頤與宗岱代表朱孟實（案：朱光潛）談判結果甚滿意，今天我邀梁夫人與受頤來吃飯，又在電話上把這方面意見告知孟實，請他飯後來談。下午兩點鐘，孟實來了，我們三人把商定的條件寫出來，梁夫人簽了字，由孟實帶回去，請宗岱簽了字，仍送給我保存。條件如下：（一）、需法律離婚。（二）、訴訟費歸宗岱擔負。（三）、法律判案之扶養費，自去年一月起，至今共乙千六百元，由宗岱付與何氏。（四）、另由宗岱付給何氏生活費五千二百元，分四次付清。此案我於一九三二年十月十七日代何氏致函宗岱，提議離婚，她只要求五千五百元。宗岱無賴，不理此事，就致訴訟。結果要費七千多元，而宗岱名譽大受損失。小人之小不忍，自累如此！」

談到這場婚變，我們要回溯到一九二一年，當時梁宗岱十八歲，據後來成爲梁宗岱最後一任的妻子甘少蘇的《宗岱和我》一書中說：「中學畢業前夕，宗岱接到一封家信，催他火速回家。原來，一向反對宗岱外出讀書求學的老祖母，在新會老家爲他訂下了一門親事，想用婚姻這根繩索將孫子拴在自己身邊。婚事由父親操辦，已經擇好了佳期，就等拜堂成親了。可宗岱豈能容忍這種封建包辦婚姻？不管家裡怎樣威脅、勸說，他死活不依。儘管由於儐相的拉扯，總算勉強拜了堂，可他無論如何不肯進洞房，把自

任北京大學法文系主任時期的梁宗岱

己關在書房裡看書。接踵而至的『說客』使宗岱大爲惱火，他索性脫光衣服，手裡拿著紙和筆，誰進來，他就高聲喝問：『你要說什麼，快說出來，讓我記下！』嚇得再也沒有人敢來了。婚禮就這樣在宗岱的反抗中草草收場。『新娘』何氏也是新會人，長相漂亮，可只念過三年小學，文化上當然不如宗岱的女友，加之宗岱與她素不相識，根本談不上什麼感情。明知不可能得到宗岱的愛，何氏內心痛苦不堪。宗岱吵過鬧過之後，也很可憐她——她也是封建禮教的受害者呀，總不能弄得人家走投無路！於是宗岱去找她商量，說明雖然眞正的夫妻關係並不存在，但他願意幫助她，帶她去廣州讀護士學校，並供應她在校期間一切費用，直到畢業工作爲止。何氏心裡雖不是滋味兒，但見到宗岱主意已定，也無可奈何。左思右想，只好同他一起來到廣州。宗岱很快送她進了護校，直到後來他去歐洲留學，也沒有忘記對何氏的諾言，還是照常匯錢給她讀書。」

文中說到何氏在知識程度上不如宗岱的女友，這指梁宗岱在讀培正中學三年級時，班上轉來了七名妙齡女生，據甘少蘇書中說：「宗岱對一個叫陳存愛的女同學很有好感，總是找機會同她接近。陳存愛是從天津教會女子中學轉來的，英文很出色，人也靈秀，只是性格孤傲，不大同其他女生交往，對男生更是不理不睬。宗岱找她搭訕，每次她都表現得非常傲慢，弄得宗岱很是狼狽。另一位叫鍾敏慧的女同學，比宗岱小三四歲，學習成績也很不錯。她從小受父親的影響，是個虔誠的基督徒，加上天性文靜害羞，怕和男生接近。鍾敏慧的座位就在宗岱前面，每當老師發下試卷，宗岱總是偷偷地站起身來看她的分數。鍾敏慧發現之後，就故意用身體擋住從身後投來的目光。宗岱只好厚著臉皮問她得多少分，她就反問：『只有你一個人才配有好成績嗎？』得不到這兩位女同學的好感，宗岱心情抑鬱不安，於是，他便寫了一首題爲〈失望〉的小詩，抄了兩份，分別塞到陳存愛和鍾敏慧的抽屜裡，詩云：

明媚的清晨／我把口琴兒嗚嗚地吹，
金絲鳥聽見了／以爲是他的伴侶；
飛來窗前青幽的竹林上探望，
便又失望地飛去了。

……
失望的朋友啊，
——怎的我不是你的伴侶？
……

陳存愛看了詩後，果然被他的眞誠所打動，改變了一向的傲慢態度，對宗岱好起來。他們開始在課餘討論英文和文學，交往越來越密切！由友好變得親密起來。有趣的是，鍾敏慧也同時改變了看法，喜歡他的才華和熱情。只是因爲已察覺到陳存愛對宗岱的感情，才主動煞車，把宗岱視爲兄長，同他保持著一定距離的友誼。」初戀如蜜，給青春和才華添了翅膀。這一段時間，他爲陳存愛寫下了許多動人的情詩：

我不能忘記那一天……
伊姍姍地走過來。
竹影蕭疏中，
我們互相認識了。
伊低頭赧然微笑地走過；

我也低頭赧然微笑地走過。

一再回顧地——去了。

而由於這場包辦婚姻，打破了梁宗岱的初戀美夢。他連解釋都來不及解釋，陳存愛在中學畢業之後，帶著一顆破碎的心，隨著家人離開了廣州。

一九二三年秋，梁宗岱被保送入嶺南大學文科。次年秋，他踏上他嚮往已久的法蘭西土地。一九二五年秋，他進入法國巴黎大學文學院攻讀法國文學。一九二六年七月胡適到英國參加中英庚款會議，期間曾到巴黎去蒐集有關神會和尚的資料，在九月十四日的日記中記載著：「……見著孟眞、梁宗岱、郭有守諸君，一同吃飯。」次日日記又說：「下午與孟眞、有守、宗岱同去遊 Bois de Boulogne，地方極大，風景很好。回來時，他們到我寓中閒談。宗岱喜歡研究文學。有守雖專治經濟，而讀文學書很多。我們亂談文學，很有興趣。」九月二十二日日記云：「……晚上梁宗岱約我吃飯，與我和孟眞餞行，在萬花樓。」次日日記又云：「上午收拾行李，十二時離巴黎。許楚僧夫婦、鄧季宣、梁宗岱來送。」因此胡適與梁宗岱早在一九二六年在巴黎就認識了。

一九三一年「九．一八」事變不久，梁宗岱學成返國，他返回廣州不久便接受北京大學校長蔣夢麟和文學院院長胡適的邀請，擔任了北大法文系系主任兼教授，同時兼任清華大學講師。這一年他才二十八歲。胡適起初對梁宗岱極爲器重，曾從自己的住處撥出一個獨立的院子給梁宗岱住。據羅大岡教授回憶說：「那時梁宗岱先生住在胡適家中的一個獨門獨戶的偏院。他一人住一間寬大的花廳。好像把原來的隔牆拆除了，用葦席隔成若干間，包括梁教授的書室、臥室、會客室等。」由於梁宗岱的名聲和才氣吸引了許多好學的青年：本系的、外系的、本校的、外校的。梁宅一時成爲校內外青年學生慕名求教、指點學業、談詩論賦、探討文學的沙龍。

但凡才子，似乎總和「風流」二字分不開，梁宗岱自不例外，因此有關「緋聞」的傳言，一直不斷。他後期的學生劉志俠在〈詩人教授梁宗岱〉一文中，就引述了梁宗岱當年在北大法文系學生周慶陶老先生的回憶：「周老向我們講述當年趣事，他說宗岱師很愛美貌的女學生，每到同學中間，必定坐到最漂亮的女學生身邊，而且動作親昵。類似的故事，某些回憶宗岱師的文章都有。那時的宗岱師風流倜儻毫不爲奇，怎能要求一位二十八歲的未婚詩人、教授作老僧入定？」

青年梁宗岱

一九三一年考入北大中國文學系後來成爲女詩人的徐芳就指出，梁宗岱當年曾追求過法文系他班上的女生王靄芬。據筆者訪問已九十六高齡的徐芳，她表示王靄芬是浙江蕭山縣人，高她一個年級，她的父親是北大數學系的教授，與北大校長蔣夢麟同爲浙江人，兩人相友善，由於王靄芬長得漂亮，又是北大法文系的學生，因此蔣夢麟看中她，要她日後能嫁給他的長子蔣仁宇，成爲他的兒媳婦。雖然有此婚約在身，但王靄芬卻極仰慕梁宗岱，兩人交往極爲親密，王藹芬後來也拉著徐芳去見梁宗岱，表示要介紹她認識梁宗岱，但徐芳深感王藹芬有其不得已之苦衷，似乎想要擺脫梁宗岱。因爲畢業在即，蔣夢麟許諾資助其與蔣仁宇雙雙出國留學，此段戀情方告無疾而終。

而王靄芬在出國的船上認識了革命先烈方聲洞的兒子方賢旭，那是方賢旭從法國回來兩年又再回法國時。據方賢旭在一九八一年寫的〈辛亥英豪．萬古留芳——紀念辛亥革命七十周年〉一文中說：「先父犧牲以後，母親辛辛苦苦扶養我長大。爲了完成父親的『教旭兒長大一定要愛國』的囑託。母親在我十一歲那年，送我到法國讀書，由七姑君瑛和十一姑君璧照料我。我在那裡讀了小學、中學，又念了一年醫科。一九三一年秋天，我從巴黎途經莫斯科、貝加爾湖，回到闊別十年的祖國，探望母親。兩年以後，我再度去法國完成土木工程四年的學業。」而王靄芬和蔣仁宇到歐洲時，蔣仁宇去了德國維也納大學讀銀行經濟，而王靄芬則在巴黎大學讀文學，由於方賢旭也在法國讀土木工程，兩人近水樓台，感情日增。到了畢業歸國後，正如蔣夢麟先前對仁宇的忠告，兩人不宜分赴兩地，以免夜長夢多，如今果如他所慮者，王靄芬提出解除婚約，該事並由當初的介紹人胡適主持。據蔣仁宇的弟弟蔣仁淵說，父親只打趣說：「烤熟的鴨子飛了。」王靄芬不久就和方賢旭結了婚，婚後並育有一女方思霙。

中年以後的王靄芬

王靄芬後來擔任北平市政府外事處秘書，北平市黨部專員、執行委員，北平市政府參議，北平市臨時參議會參議員，北平市婦女抗日救國同盟會會長，北平市婦女教育促進會理事長，北平市婦女工作委員會總幹事，並以三十八歲就選上第一屆立法委員，是位活躍的女性。一九四九年後王靄芬來台，自然地與留在大陸的丈夫方賢旭分開。一九六二年七月二十一日王靄芬與駐菲律賓大使段茂瀾締結百年之好，成爲段大使的續弦夫人（因原配陶履恭病故），此是後話。

而在北大任教期間，梁宗岱和女作家沉櫻的戀情，更爲人所傳誦。沉櫻原名陳瑛，一九〇七年生於山東濰縣，後來舉家遷濟南。一九二五年夏，考入上海大學中文系。一九二七年上海「清黨」事起，上海大學被封；同年秋，考入復旦大學中文系。一九二八年十一月她在《大江》月刊第一卷第二期發表處女作——短篇小說〈回家〉，獲得茅盾的讚賞。一九二九年六月，她出版第一部短篇小說集《喜筵之後》，八月出版書信體中篇小說《某少女》，十二月，出版第二部短篇小說集《夜闌》。除了在寫作方面嶄露才華外，沉櫻在其他活動上也十分活躍。當時在劇作家洪深的授課和指導下，「復旦劇社」的演出活動也蓬勃地發展，由馬彥祥、沉櫻、吳鴻綬、楊善鳴、唐遠蕃（玄凡）等主演的《女店主》（義大利哥爾多尼所作，焦菊隱翻譯）在校內外都獲得好評。一九二九年四月，洪深利用學校放暑假期間率領學生們赴杭州公演。沉櫻和馬彥祥因同演《女店主》一劇，而萌發了愛慕之情。兩人並曾結伴同遊西湖。一九二九年底，兩人結婚。婚後生有一女，名叫馬倫。

馬彥祥也是一九〇七年生，浙江鄞縣人，書香門第，伯父馬裕藻是北大中文系教授兼系主任，父親馬衡，亦是北大名教授，曾任北大文科研究所考古研究室主任，後任故宮博物院院長。馬彥祥爲其次子，人稱「二少爺」。一九三一年夏，馬彥祥從上海回到北京，過著深居簡出的生活，名爲養病，其實是因此時上海充滿白色恐怖，左翼作家遭到逮捕，馬彥祥爲避風頭，而回到北京；其時沉櫻也因公公馬衡的關係，而在故宮博物院工作，此時正值中國旅行劇團來北京演出，馬彥祥與劇團領導都很熟悉，經常去看他們的演出。就這樣他和剛入劇團不久的白楊結識，進而移情別戀起來了，沉櫻聞訊，便毅然地與馬彥祥分道揚鑣了。半個多世紀後，林海音女士見了馬彥祥的堂妹馬琰（馬裕藻的次女），她說，談起沉櫻，她很感歎，頗怪她堂哥的不專情，她說其實馬家都很喜歡沉櫻的。馬倫後來由馬家祖母帶養長大。

至於白楊原名楊成芳（又名君莉），原籍湖南湘陽人，一九二〇年生於北京，她與其姊楊成業（即著名女作家楊沫）出身於一個破落的清末舉人之家。一九三一年十一歲時，母親病故，她從此失學，爲了謀生，考入當時聯華影業公司北平分廠附設的聯華演員養成所，聯華北平分廠停辦後，經攝影師鄭景康介紹加入中國旅行劇團，並改名爲白楊。以「茶花女」、「梅蘿香」嶄露頭角。後來因爲受不住唐若青的排擠，脫離「中旅」，來到南京，加入馬彥祥所組織的「中國戲劇社」。

梁宗岱是在一九三一年末在上海同沉櫻認識的，初則書信往來，談論文學。沉櫻遷居北平在某中學任教後，他們異地相逢倍感親切。

而在這期間，梁宗岱的髮妻何氏自廣州追蹤至北京，要求跟隨梁宗岱生活。梁宗岱則否認她爲合法妻子，堅拒不納。此時，胡適與梁宗岱在嶺南大學的國文教師，當時任北大史學系主任的陳受頤，兩人力勸梁宗岱接受既成的事實，梁宗岱堅決不從，於是雙雙鬧上法庭。胡、陳兩博士遂登證人台，爲何氏辯護，指梁宗岱不法，與之對簿公堂。

此公案一時轟動北大及整個北平社會。結果梁宗岱敗訴，但他個性倔強，不服法官判定。後經有關人士斡旋，以賠償贍養費爲代價，與何氏辦理離婚了結。

經此事變後，梁、沉兩個在婚姻上都遭逢不幸的人，就越走越近了。沉櫻對這位知識廣博、才華出眾、精通外文的詩人兼翻譯家，更加愛慕；而梁宗岱對沉櫻的文靜、清秀，言談文雅，風度翩翩的氣質也十分欣賞。沉櫻的好友，薩空了的夫人金秉英就回憶道，有一天沉櫻領著她到後門外慈慧殿，「只見屋內是個客廳，正有兩個戴眼鏡的男子坐在沙發上爭辯什麼，見我們進來，連忙站了起來和你握手，其中一個高高的身材，穿著淡灰色的西裝，很有風度，你給我介紹：『這是梁宗岱。』介紹另一位：『這是朱光潛。』直到此時我對你來到這裡的目的，依然猜不透，那麼只有『既來之，則安之』了。不久，我明白了，我從你的眼神，從你與梁宗岱教授目光接觸

右起鍾梅音、林海音、沉櫻、劉枋、夏祖美（文訊雜誌提供）

中，使我明白怎麼一回事了。我只望著你笑，你也還我一個會心的微笑。他們要留我們吃飯，我想怎麼第一次到人家來就吃飯？但是看到梁宗岱那麼熱情招待，安排加菜，再看你那雙眼睛，含著無限的柔情，我倒也不好說走了。」

一九三四年五月三十日《胡適日記》云：「商定北大文學院舊教員續聘人數。不聘者：梁宗岱、Hewri Frei、林損、楊震文、陳同燮、許之衡。」胡適與梁宗岱經婚變訴訟事件後，兩人交惡，胡適不再聘他，梁宗岱也不願在北大羈留，他決定赴日本留學，而沉櫻也想到日本去學習她所熱愛的日本文學，於是在一九三四年八月，兩人結了婚並雙雙到了日本作蜜月旅行。他們在日本舊都葉山找到一所精緻的小屋居住下來，在境況窘迫的歲月中，梁宗岱不斷地寫、譯諸多詩文，以維持生計。他將這些譯作輯成《一切的峰頂》（那是歌德的名詩〈流浪者之夜歌〉的首句，是梁宗岱最喜愛的一首詩），於一九三六年由商務印書館出版。

幾十年後，沉櫻雖已和梁宗岱分居多年，並移居台灣，但她還一再懷念當年他們在葉山的這段甜蜜生活。林海音在〈念遠方的沉櫻〉一文中就說：「記得有一年她正出版多種翻譯小說時，忽然拿出一本梁宗岱的譯詩集《一切的峰頂》來，說是預備重印刊行，我當時想梁宗岱有很多譯著，爲什麼單單拿出這本譯詩來呢！」後來，林海音才弄明白，這本譯詩集是梁宗岱在葉山翻譯完成的，也是沉櫻遊學日本與梁宗岱共同生活期間完成的，沉櫻還帶在身邊。林海音說：「這對沉櫻來說，是個回憶和紀念的情意。怪不得她要特別重印這本書呢！」

一九三五年秋，梁宗岱與沉櫻兩人帶著豐碩的文學成果，返回祖國。梁宗岱住在北平，擔任天津《大公報》的「詩特刊」的編輯，並寫有〈新詩底十字路口〉等詩論。一九三六年年初，梁宗岱則應聘為天津南開大學英文系教授，未幾，與沉櫻及九弟梁宗巨遷居南開大學宿舍樓。一九三七年七月五日，梁宗岱沉櫻的第一個女兒在天津出生，名為思薇。所以取名思薇，聽說是梁宗岱想念當年在法國留學，所追求的一位法國姑娘——安娜，梁宗岱曾給她起了一個中國的名字——白薇，一九二五年二月二十日，梁宗岱在日內瓦湖畔並寫有一首〈白薇曲〉來描述他們之間的情誼。

「七・七」抗戰爆發後，梁宗岱將家眷轉移到廣州，後又到了百色，沉櫻則在百色私立行健中學謀得一教職。一九三八年年初，梁宗岱受重慶復旦大學之聘，任外國文學系教授。此時他們寓居於重慶郊外的北溫泉「琴廬」，與女作家趙清閣比鄰而居，因常常相互切磋文學，往來甚密，宛如一家人。這期間梁宗岱還不滿四十歲，膝下已有兩個天真可愛的孩子，和沉櫻的感情也頗為融洽，然而也許是因為他那自詡的雪萊般浪漫多情的性格吧，他平靜的家庭生活卻出現了漩渦。

那是一九四一年三月，他回到廣西百色，處理亡父遺產時，剛好遇到百色婦女會慶祝三八節籌集基金，請了粵劇戲班「銅雀台」演出《午夜盜香妃》等劇。梁宗岱對飾演農女之花旦甘少蘇質樸自然之演出，大爲傾倒，賦七絕一首相贈，詩云：「妙語清香句句圓，誰言粵劇不堪傳？歌喉若把靈禽比，半是黃鸝半杜鵑！」在見面交談中，他瞭解到甘少蘇的身世，甘比他小十二歲，是廣東新會同鄉。因家貧，從小就在廣州擺小攤檔、車衣、做手工活，後隨鄰居一粵劇演員學唱戲，加入戲班。憑著天生的執拗和韌勁，她不知熬過多少難捱的日子，終於成爲粵劇中的當家花旦。但有天夜裡，她被同班丑生黃家保誘姦，後來並被迫與他結婚。婚後她發現丈夫除了抽大煙，還染上賭博的惡習，勸他戒賭的結果，是落得滿身的傷痕。於是在二十三歲時，她與黃家保離婚了，和曾給過她精神安慰的上尉軍需鍾樹輝同居，但也僅半年的悠閒舒心的時光，甘少蘇發覺他是有婦之夫，甚至還有小妾。她指著鍾樹輝說：「你欺騙了我，說要娶我，可是已娶兩個了！」鍾樹輝卻厚顏無恥地說：「我又沒說我沒娶過，再說妳也不是頭一次，做小也不委屈妳呀。」她再也無法忍受這種被人欺騙情感、玩弄肉體的遭遇，投河自盡，幸被人及時救起，聽著聽著梁宗岱的眼裡也盈滿了淚水，他關切地說：「不要難過，也不要害怕，

梁宗岱與甘少蘇

甘姑娘，我們大家一起來幫助妳。妳比我小十二歲，就做我的小妹妹吧。」

梁宗岱對甘少蘇一往情深，甘少蘇對梁宗岱情眞意切。漸漸地兩人感到誰也離不開誰，可又都怕那「愛」字一說出口，他們之間的友誼便不再聖潔了。即使如此，甘少蘇戲班的人已開玩笑叫梁宗岱「瘋教授，癡教授」。很快，他們的戀情已引起軒然大波，鬧得滿城風雨。而此時鍾樹輝仍然對甘少蘇糾纏不休，尤其當甘少蘇提出分手時，便是招來一頓拳打腳踢與污辱謾罵，並揚言要她出厚金「贖身」。爲幫甘少蘇脫離苦海，梁宗岱拿出三萬塊。不料鍾某接到「贖身銀」後，仍不肯放過甘少蘇，竟糾集惡徒毆打梁宗岱，造成當時轟動百色的「全武行」。後經各方人主持公道，甘少蘇方得擺脫鍾某控制。爲避免再受迫害，她希望能與梁宗岱結合。梁宗岱經再三考慮，捨此別無他法，於是答應她的請求。一九四二年，他們登報結婚。其時梁宗岱嘆氣說：「我與妳結了婚，沉櫻就會離開我了。」果然，沉櫻在重慶聽到這個消息，即攜同二女離宅別居。這件事對於梁宗岱或甘少蘇始終無法擺脫愧疚之心，甘少蘇在《宗岱和我》書中說：「有個兒子（案：梁思明）是沉櫻和他分居後才生的，宗岱感到內疚，總是設法和他親近，每次去都得帶上些奶酪和別的東西，後來，宗岱乾脆把奶羊也給了他們，因爲他們人多，不愁吃不完羊奶。」又說：「沉櫻帶著三個兒女，生活相當困苦。我總覺得對不住她，內心有愧。不是因爲我，這個好端端的家庭不會拆散。」

抗戰勝利後，沉櫻帶著三個孩子到上海，在復旦大學等處工作。此間，梁宗岱曾前往會面，到上海見到三個孩子，並打算接他們母子四人去廣州生活，但遭到沉櫻拒絕。不久後，沉櫻就隨著家人到了台灣。這一對有共同精神追求，共同生活十多年的夫妻，卻從此海天相隔——終不得相見了。

一九四九年底梁宗岱把父親去世後遺下的一間煙絲廠和一間出入口貨商站改爲製藥廠，並把老鋪改建爲一座四層樓化工社，擴大生產藥品。他的大部分精力用於研究、製造藥品和醫活病人上面了。他晚年不只一次對妻子甘少蘇說：「我的製藥的影響，將來會比文學影響還要大。」

一九五一年梁宗岱因對廣西代理地委區鎮「不敬」，被區鎮在「清匪反霸運動」中，加予「通匪」、「濟匪」、「強姦幼女」、「強霸人妻」、「殺害嬰兒」、「偷鄰居貓」等四百八十多項大小罪名，被捕繫獄。與此同時，區鎮對甘少蘇威脅利誘，迫彼拋棄梁宗岱，並勒令籌建近兩年之化工廠停辦，將機器

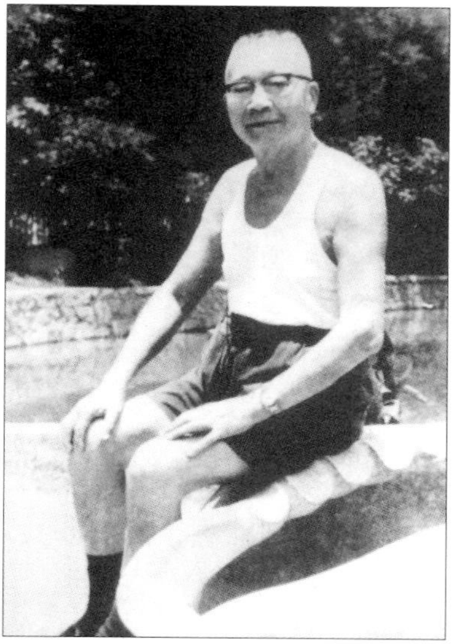

廣東中山大學時的梁宗岱

拍賣，工人遺散，大批珍貴藥物倒入右江，江水爲之通紅。就這樣梁宗岱繫獄兩年零九個月，於一九五四年六月十一日冤案獲平反。出獄後他努力不懈進行醫藥試驗，一九五六年所製之「綠酊素」、「草精油」在廣東省人民醫院小兒科臨床實驗，由主任朱鍾昌主持，歷時兩年，稱爲「小兒聖藥」。

文革期間，梁宗岱總共被抄家二十次，抄到連一條長褲都沒有，只剩四條內褲、兩件文化衫，是甘少蘇把她的長褲改給他穿的。一九六八年五月九日，因與羅曼・羅蘭、梵樂希等外國著名作家交往的罪名，第一次被鬥，「被十幾條大漢拿車鞭、鐵尺、單車鍊，打到他在地上滾，全身要害打到變黑色，頭部被打破，破裂約三公分長，深度二公分，血流不止。」後來他用「綠酊素」包紮，經六天後痊癒。類似這樣的批鬥，前後五次，都是打得遍體鱗傷，甘少蘇說：「如果自己沒有藥，就要在『文革』死了五次。」梁宗岱最後一次被批鬥出院後，爲了保身，他研究一種浸酒藥，後來改名「寧神」。能補血氣、強筋骨、消炎、止痛等等。

沉櫻（右）與林海音合影
（文訊雜誌提供）

而來到台灣的沉櫻在苗栗縣頭份鎮著名的大成中學教書，靠並不豐厚的收入，維持全家生活和三個孩子的教育費用。另外她還從事翻譯工作，六〇年代中期她翻譯出版奧地利著名小說家褚威格的《一位陌生女子的來信》，一年內竟印行了十版，先後賣了十多萬冊，於是她陸續又翻譯出版了許多世界著名作家如毛姆、赫塞、屠格涅夫、左拉等的精美的中短篇小說和散文。

七〇年代初期遠在美國的二女兒思清和丈夫試探性地回到中國，梁宗岱將自己劫後幸存的手稿及其他資料讓女兒帶回美國，沉櫻見到了，她激動地給梁宗岱寫信：「前兩天思清找出你交她的資料去影印，使我又看見那些發黃的幾十年前的舊物，時光的留痕那麼顯明，眞使人悚然一驚。……在這老友無多的晚年，我們總可稱爲故人的。我常對孩子們說，在夫妻關係上，我們是怨偶，而在文學方面，你卻是影響我最深的老師。……記得你曾把浮士德譯出，不知能否寄我給你出版？如另外有譯作，也希望能寄來看看。最近在舊書站買到一厚冊英譯蒙田論文全集。實在喜歡，但不敢譯，你以前的譯文，可否寄來？……」（一九七二年十二月七日）。沉櫻還記得在一九四四年梁宗岱曾回百色隱居起來，專心翻譯《浮士德》和《蒙田試筆》，其中《浮士德》還是直接從德文翻譯的。但沉櫻或許不知《浮士德》譯本的坎坷命運，據說梁宗岱在一九五七年就把全書譯竣，但出版社卻不予接納，原因是《浮士德》有郭沫若的譯本在前（其實郭沫若未精德語，

晚年重拾譯筆的梁宗岱

沉櫻（右）與趙清閣

對《浮士德》也談不上有深湛的研究），而後在「文革」浩劫中，《浮士德》連同二十幾萬字的《蒙田試筆》、《莎士比亞十四行詩》的譯稿，全被焚毀。

晚年梁宗岱執筆重譯《莎士比亞十四行詩》，並於一九七八年由人民文學出版社收入《莎氏全集》。然後他又抱病重譯《浮士德》，並完成了上卷，他想病癒後譯畢下卷，以紀念歌德一百五十周年忌展，但不幸的是他在一九八三年十一月六日，以腦動脈硬化兼敗血症病逝於廣州。其實在他去逝前，沉櫻和他是有機會可以見面的，一九八二年四月間，沉櫻隻身從紐約到了上海，再到山東，又到北京。她重會闊別三十多年的文友，有巴金、趙清閣、田仲濟（沉櫻的表弟）、陽翰笙、朱光潛、卞之琳、羅念生等人。她也想和梁宗岱見面，而梁宗岱也應該是等候著她的，但他們最終並沒有見面，原因是甘少蘇尚在梁宗岱身旁之故。而沉櫻也在一九八八年四月十四日，病逝在美國馬里蘭州老人療養院，享年八十一歲。

梁宗岱與甘少蘇結婚後，一起度過了四十二年患難與共的艱辛歲月。在蒙冤入獄及文革期間，都是甘少蘇忠貞不渝的愛，支持著他往前走，否則以他剛烈的個性，恐怕早已走到生命的盡頭了。而在和甘少蘇結婚後，他慢慢地把製藥事業擺在文學事業之上。甘少蘇雖然很想，但是極少可能成為梁宗岱文學上的知音，雖然在四十多年朝夕相處的日子裡，她也能知道茅盾、鄭振鐸、巴金、田漢、曹禺……這些名字，還知道梵樂希、羅曼．羅蘭……這大概和一般京劇觀眾知道梅、程、荀、尙，知道譚派、余派、馬派、言派……卻說不出一點所以然一樣，還是不可能眞正進入梁宗岱的精神世界。於是她必須努力創造一個共同的精神世界，在這個世界裡和梁宗岱共享同一個追求、同一個歡樂和苦惱，那便是他們的製藥事業。而從各方面看，她無愧為一個賢內助，正如梁宗岱自己說的：「如果是別個女人我就無法研究這些藥了。」而在梁宗岱去世後，甘少蘇除了堅持製藥工作外，她盡可能設法使梁宗岱的全部著、譯作得以出版，另外她寫了一部記述梁宗岱和她共同生活的回憶錄。在這回憶錄——《宗岱和我》中，她這樣寫著：「在縱情聲色、人慾橫流的社會裡，宗岱拋棄了世俗觀念用藝術審美的眼光來鑑別人的品性，從社會的最底層發現了我，付出很高的代價救我於水深火熱之中；讓我恢復了人的尊嚴走出了苦海，過上了正常人的生活。不僅如此，他對我的整個人生也產生了巨大而深遠的影響。從此，我走上了幸福的人生道路。宗岱那完美的高尚的人格，金子般閃光的心和忠貞不渝的感情，是我在以後的四十二年和他共同生活中逐步品味出來的。」而甘少蘇在這四十二年間也表現出一個出身貧賤、歷經坎坷的女性的高尚品德，施蟄存先生在讀了她的回憶錄後，曾讚道：「北有新鳳霞，南有甘少蘇，皆女中之佼佼者，令人肅然起敬。」患難與共見眞情，該是他們兩人的最佳寫照。

歷盡滄桑一美人

常任俠、陳紀瀅與汪綏英的一段情

常任俠是位詩人，寫舊體詩，也寫新詩，曾組織土星筆會，出版詩刊。他更是位著名的學者，在書法、繪畫、雕刻、舞蹈、戲劇諸多方面，用力最多，成就也最巨，他被稱爲東方藝術研究的「祖師爺」。一生多才多藝，著作等身，從他的這些著作中，我們看到一位感情豐富、柔情似水的詩人，也看到了見解敏銳、愛憎分明的學者。除了大量的著作外，他六十餘年來從未間斷的日記，更融史料與文采於一爐，見證了詩人與學者動人的身影。

因爲是詩人，所以哀樂倍於常人，尤其在感情方面，在一九四二年十一月十三日的日記中，他就這麼說：「思將與英（案：汪綏英）戀愛始末，撰爲一小說，並以英所贈金指環爲題，撰一歌劇。」其戀愛過程可爲小說，可爲歌劇，足見其跌宕起伏，精彩可期。只是後來並沒有實現，但作者後來留下一本新詩集《蒙古調》，有新詩五首及詩前兩萬餘字的長篇序言，見證了這傳奇的愛情故事。

那是一九三一年的秋天，常任俠剛從南京中央大學中文系畢業，經教育系孟憲承教授的推薦，他擔任中央大學附中的國文歷史教員和級任老師。在學校裡他認識了一個蒙古少女，她是中學部的低年生，常任俠說：「她有一雙大眼，天眞而美麗，但身體卻很孱弱，因爲多病，顯出蒼白的臉色，失去了蒙古人剛健的素質。她生於熱河喀喇沁右旗，到六歲就離開了故鄉，隨同父母在廣州長大，所以能操蒙古語，也能操廣州語。她的蒙古名字是薩布丹漆毛珂（Soubout Chimoca），漢語是彩珠，這名字直到十年後，她才告訴我，當時在學校，都叫她岱英，後來她又改名綏英，在那時她已經是十六歲的少女了。」

據說汪綏英父親汪友三先生，爲蒙古的革命先進，曾爲國父參議，並爲中國國民黨第一屆大會代表。在汪綏英幼年時，即隨雙親旅居南方，十一歲時喪父，其母金淑慧女士，也是一位很有學問的才女，她攜其姊弟徙居金陵。

常任俠回憶相識的這一年中，「那時隱密的愛雖然在我的心理微展勾萌，但我卻禁止我自己，想深閉著永遠也不讓其吐露。」一年後，汪綏英離開這個學校，轉學於他處，因此兩人見面便稀少了。直到一九三三年的夏天，常任俠到青島旅行，車中突然遇到汪綏英，汪告訴常任俠她在北平的地址。過完夏季，常任俠到了北平，「她伴隨我玩過中海南海、到過幽囚光緒的瀛台，散步在王府井大街上，踏著軟軟的梔子花，走過九龍壁，也走過北

晚年的常任俠

海。我曾上白塔眺望滿宮城的黃瓦綠樹，看故宮歷代流傳的國寶，看西山蒼松，坐在雙清魚池畔癡想。我知道我是愛她的，這期間她曾由北平南來看過我一次，已經忘記是何年月了。但她穿著一身寶藍的衫子還在我的記憶中浮動著。當我在日本東京讀書時，她曾經寄來她的幾張照片，這照片我一直帶在身邊，回國後使我常常渴想。但因爲南北的隔睽，卻無見面的機會，盧溝橋的戰火，遂隔絕我們的消息。」

常任俠（左下）與友人合影

兩人再度重逢是在一九三九年的夏天，在重慶的街上。汪綏英告訴常任俠，她從昆明來，馬上又將回昆明，她在昆明西南聯大教育系求學，明年暑假即將畢業。而早在幾年前她以邊疆民族加分考上了北京大學的教育系就讀，然因抗戰軍興，她隨著學校輾轉來到後方，續入西南聯大。而女大十八變，在常任俠的眼裡，「她神光綽約的，倏忽而來，倏忽又去了，她已經長成一個豐滿的少女，她的衣飾是樸素的，她的眼睛大而明亮，她的面容如玫瑰花，像是早晨初開的。她的牙齒如編貝一樣潔白，她的腰是柔細的，她比之我身畔的照片更加美麗了。於是這一年我們頻頻的互相通信，我傾吐出我的愛，她接受了，她也傾吐出她對我的愛。這約有一百封書簡，交織著我們的濃密情感。……」

一九四〇年的新秋，汪綏英也來到了重慶，這時她已經從西南聯大畢業了。她同母親和弟弟住在青木關，母親做一個公務員，過著清苦的生活，弟弟汪鵬生是個天眞的孩子，勇敢而尙義，兼賦著蒙古人剛健的性格。「我們感情激動的見面了，我取出她戰前最後一封信，一張照片，在她的眼睛裡我看出熱戀的光輝。當下一個週末，我們又見面，她把我帶到一個高山的峰頂上，萬松如海，四無人聲，在浩莽的大氣中，我們的熱情融合爲一。我抱緊著她的纖腰，把她舉起來，她的唇吻密接著我的唇吻，她盡情的吮吸，使我的心靈同她的心靈起了交感，她的身體也溶化在我身上。」

一九四〇年十二月十七日《常任俠日記》云：「……今晨余以紅豆戒指，戴英指上，英已經受余之婚約矣。晚間於英家，餐後爲其母弟講愛羅先珂童話《雕的心》故事，始歸寢。」十八日晨，常任俠從青木關返沙坪霸中央大學。十九日，他寫信給綏英之母金明軒夫人，求綏英爲偶。下午寫寄綏英函共四頁，千餘字；五時赴沙坪霸快郵寄出。到了一九四一年元旦，常任俠又到青木關見綏英，兩人寓同康旅社，綏英要常任俠再寫一求婚函，由她交給母親，常任俠照辦了。汪母表示女兒所喜歡的人，她是不反對的，不過綏英剛大學畢業，必須先做兩年事，婚事方能定準。

而同年元月五日，《常任俠日記》云：「聽貝多芬《月光曲》忽然思念綏英，寫成詩一首。」這首詩就是〈在音樂會中〉，詩云：

幕開了，誰在招喚我，
是那悠遠的牧笛嗎？
彷彿是在山那邊的你的歌聲。

披霞諾的鍵盤在低語了，
零碎的述說著淒豔的故事，
是你吧，在附耳細吐曲衷。

這是貝多芬的《月光曲》啊，
我彷彿踏著月光，
又到你的窗外。

彷彿聽到熟識的狗的吠，
彷彿踏著滿林的落葉，
與你攜著手前行。

彷彿吹來一陣微風，
把你柔細的髮，
吹拂在我的臉上。

銀樣的月色，
在遠遠的溪谷
有淡淡的微霧初升。

我彷彿吻你，抱緊你，
扶你坐在苔蘚的石上，
看你微合的眼睛。
我的靈魂生出輕翅了，

小提琴的良夜幽情曲，
把我引向你，引入沉醉的夢中。

常任俠在寫成這首詩後，他迫不及待地寄給了汪綏英。除此之外，她還寄了〈牽牛織女神話〉一篇及美術會刊的〈中國藝術灌溉在日本荒原上〉短論一篇。一週後，恰是農曆臘月十五，是常任俠的生日，他到了綏英家，原本要約她出門散步，但卻因爲她母親所阻，常任俠獨自步月歸寓，夜不成寢，他寫成生日自詠五古一首。中有「……逐逐情網中，勞勞困車轍。一歲又一歲，月圓復月缺。且入空房裡，吟詩自怡悅。」之句。

而從日記中又見之，這期間常任俠不斷地爲綏英母女找工作，他曾寫信給張道藩，去拜訪過許恪士，又致函給衛聚賢，請他託于右任向教育部寫推薦函等。四月一日，日記云：「右齒痛，焦灼期待綏英。昨日寫成〈蒙古調〉一首，又〈蒙古牧歌與戰歌〉十首，即爲念綏英而作。」其中〈蒙古調〉云：

那騎著駿馬而來的
蒙古荒原的女孩子，
你春風中飄動的衣裙，

閃著珊瑚寶石的光，
你微藍的鴨色的雙眼，
像綠洲裡的星宿，
照出我修偉的身影；
你暖雪一樣的豐額，
你安榴一樣的唇蕊，
你一雙能挽金弓的修臂，
使我周身激動暖流；
你的輕捷秀美的身軀，
像一隻白海青飛來了，
你照亮我的眼睛，
而且彷彿一隻球投近我了。
……

七月六日，日記云：「晨赴綏英家，英猶未起。晨妝後美極。爲之心蕩。下午與英談結婚之事，英不堪懌，即避去不談。英態度時熱時冷，令人難以捉摸。前次見面時，彼設計如何可以趕速結婚，今又忽然不願矣。余心亦爲不懌。……晚間有空襲，仍赴綏英家。英忽更親密，爲下廚製餐，汗出如雨。餐後與英坐明月下，射燈謎爲樂。……夜深別去，英頗有難捨之情。」

當然情人之間，亦有鬥氣之事發生。十月十日，常任俠去綏英家晚餐，並謝英母允婚。汪母說：此事可無問題，唯其族人頗反對云。不知何如，「英忽與余鬥氣，余逐辭歸街市尋旅社。」而因爲這件事，第二天一早雖回學校，但「使我痛苦欲死。頭暈目眩，坐立不寧，不思飲食。下午寫一五頁長函，快郵寄綏英。夜不能寢，失眠。」

一九四二年二月二十六日《常任俠日記》云：「上午九時收綏英函，約來城相晤。……下午一時晤綏英，情感甚濃，帶之遊重慶市廛，並同往沐浴。」二十八日，「下午下課後，尋英同訪陳紀瀅並邀之吃茶晚餐。與英談至夜深，商量同在一起的辦法，英將歸與其母議之也。」

陳紀瀅，河北安國人，一九〇八年生，小常任俠四歲，當時是《大公報》重慶版文學副刊「文藝」主編，兼專欄記者，早已有妻室。雖是如此，就如同蔣碧微一樣，對汪綏英之美，仍讚不絕口，他常對友人說：「常任俠有位漂亮的女朋友。」

汪綏英不願在鄉下工作，她渴望來重慶，常任俠託了很多朋友幫她找工作，終於得到蔣碧微的幫忙，在重慶一個新設的文化機關裡，求得一個助理幹事的職位。常任俠

晚年到歐洲訪問的陳紀瀅

說：「她約定八月一日就職，大熱天，在車站我候了四天，四日她到了重慶，我把她送到那機關，安頓妥當，託了人照顧，才回到鄉間。十六日是一個星期天，她到鄉間來，開始了我們同居的生活。這是一個可紀念的日子，那天，實現了我十年的幻想。她激動地把清潔的身體獻給了我。」常任俠把兩人激情的歡娛，寫成一首詩，他如同守候多時的獵人終於擄獲了他的獵物，是那麼地歡喜舒暢，因此名爲〈獵歌〉。

在與汪綏英同居的第一個月，常任俠說：「我的身體健爽，神思暢旺，我的眼睛放射英異的光。我彷彿在年齡上減去了十年，回復到我在南京對她初戀的時代。在日記上我記下不少快樂的片段，並且我寫下許多舊詩來紀念我們的蜜月。」其中寫於稍後的五言律詩多首，可謂以此經歷而寫的長篇愛情故事詩，詩云：

憶昔初相愛，盈盈十五餘。攜花不插鬢，入室每翻書。

淺笑暈生面。輕歌怯引裙。劇憐嬌小態，多病體常虛。
初生居漠北，稍長住嶺南。豐鬟鴉雛碧，秀口荔枝丹。
白下同遊嬉，春明共往還。依人如小鳥，妙語解綿蠻。
重逢巴渝水，相思望昆明。滄海十年話，烽煙萬里情。
同心銘玉簡，密意寄雲程。檢視懷中字，彩珠入握盈。
廿六來歸我，佳期喜未遲。百年一諾重，七夕兩心知。
天上雙飛鳥，人間連理枝。枕邊密誓語，宮印認芳時。
杏臉融如醉，楚腰倦更舒。春來生紅豆，月滿孕珍珠。
誓伴長卿老，相憐處士孤。爲君償宿債，何惜五車書。
贈我金約指，約指復約心。心如石不轉，情似海天深。
紅豆生南國，晨風郁北林，區區還自惜，夢寢轉孤衾。

青木關上樹，千載更長青，此憶何人解，孤吟空淚零。
精魂託片石，寄恨採蘭馨。夜永銀河望，遙憐帝女星。

詩中提到「爲君償宿債，何惜五車書」的事，是因爲後來，汪綏英告知要結婚，必須先清還母親的債務，這對於一個窮教授而言，又將如何去籌借這筆鉅款呢？最後逼得常任俠只得將舊藏明刊《解脫集》、《吳騷合集》、《狀元圖譜》、《情史》等四種及聚珍版《涑水紀聞》等二十種共一百冊的珍貴藏書，託人求售。十一月三日，常任俠在日記說：「至中大友人處尋知藏書五箱，已爲買者運去。爲綏英還清欠債二萬一千元，只好將多年愛讀書籍——節衣縮食、苦心搜求者割捨以去，債務還清，大是快事。」兩天後，常任俠打電話約汪綏英午餐，「英來，臉色蒼白，有難言之痛。餐後詢知其家長堅主不令與余爲婚好也。晚間再往談話，英仍不懌，余亦輾轉終夜，痛苦之至。」八日，「晨，往看綏英，英云身體頗好，但接余函，已不願結婚，因感情已冷矣。英忽熱忽冷，感情不定，變化萬端，使余痛苦之至。回文藝社，頭眩欲倒，勉強赴車站，返沙坪霸。過陳之佛處小坐。進餐遇宗白華先生，即以與綏英近狀告之，白華勸余早日結束往事，免更痛苦。余苦未能忘情也。」十二月十一日，他寫下了幾句話，或可當是他當時的心境——

同她相愛了三年，
沒有得到一天快樂的休息過，
但當病起如約和她結婚時，
她已轉臉如不相識了。

同月二十二日，日記云：「上下午思念綏英，苦悶之至，爲近來最苦之一日，時縈自殺之念。」二十四日，「……赴文運會訪綏英又不遇，心躍不止。即赴浮圖關音幹班，適班中師生開聖誕節晚會，強余飲酒大醉，……遂忘失戀之痛苦矣。」一九四三年一月十日，「爲了英的原故，這幾天痛苦極了，『苦心焦思』、『痛心疾首』這些形容詞，我至今才懂得它的意味。憂能傷人，余將何以解憂乎。」十一日，「……夜錄寫《蒙古調》詩集。皆爲綏英而作，將來印一集，以永紀念。」二十八日，「……晚間接綏英長函，述一美國電影故事。窺其意，蓋欲離婚他適。此女愛情既不固定，只好聽之。終夜轉側，頗爲痛苦。」二月二十一日，「晨起惘惘不樂，作書寄綏英，求其早嫁，以絕我念……。」二十五日，「薄暮，丁雲樵云：昨日下午曾於通源門防空洞中見綏英與一男子談笑。心爲不懌，余苦未能忘情也。」

抗戰時期的常任俠

常任俠在回憶的文中說：

「這時期，她因行爲不檢，玷污了公務員的聲譽，被這個服務的機關開除了，但她仍然住在這機關裡，度奢侈的生活，不管別人的議論。別人都以爲她的生活是骯髒的，但她自己卻以爲很體面。相識的人，又把許多情形告訴我。她來，是我奔走介紹的，這樣也使我難堪。一天，在一個良好的清晨，我邀約了她，到我們常去吃茶的地方，我們常在這裡秘密地談話，也許這環境，能使她回憶起舊日的情感。於是我懇切地勸告她，望她不要離開我又毀壞了自己。望她不要在大家犧牲流血的時候，同一些毫無心肝的人放蕩享樂。不要忘了自己遠大的前途，爲社會盡一份力量。我述說我的眞情，願引她到正當的路上來。我感情激動地流下眼淚。但她的眼並不看我的面，卻看著窗外的遠方。完了，我用愛情報答了愛情，用眼淚報答了眼淚。完了，她既無動於衷，我也不必再多說。我們就分別了。」「我覺得，她是絕不會甘於我這樣清苦的教授生活的，她縱然覺醒，也只是一瞬間的事，不久便會又入沉睡。她的生活限制了她，使她不能不同那些商人們合流。她不出我所預料的，不久又離開了我而另尋新的主顧。她的一個女友告訴我，她託她介紹有錢的男子，她濃妝豔抹地送給這有錢人去看，希望得到愛憐，她塗了脂粉又塗了脂粉，換了一套衣裳又一套衣裳，這便是她在社會上表演的道具行頭。但她到我處，穿的卻是舊日的衣衫，以做她生活的掩飾，她是眞太可憐了。」

汪綏英在西南聯大時，曾以「校花」之名，贏得不少慕名的追求者。據傳，當時有一位叫做梁發葉的青年，即與之相處得極爲投緣。後來又一位孫先生亦追隨在她左右。到她畢業做事時，甚至有一位畢業於清華大學，服務於川康平民銀行的陳光泰曾爲她顚倒錯亂，但他們最終都沒有擄獲她的芳心。這或許是因她心中早有了常任俠。離開常任俠之後，她嫁給了來自印度加爾各答的留美學生伍微之。

伍微之，廣東人。畢業於美國威斯康辛大學。一九四三年伍微之爲了盡國民的抗敵天職，正在加爾各答擔任印度日報附屬的中英文《中國畫報》總編輯，他以筆桿向敵人宣戰。同年夏天，他因公到了重慶，住在勝利大廈，在一次偶然的機會裡，他認識了汪綏英，彼此縱論學問，談得極爲投機。雖然當時伍微之已有女友，但因汪綏英綽約的風姿，深深地吸引著他，於是儘管他公事既畢，亦不忍卒然離去。過了不久，雙方同意訂婚，伍微之飛回印度，旋即帶她辦理赴印度手續。惜因當時追求她未成的陳光泰因妒成恨，私下向英國領事館告她一狀，誣指她不是好人，以致英人拒發護照給她，終未能成行。直到一九四四年，伍微之才由印度歸來，和她舉行婚禮。

結婚前兩天，據說伍微之的好友林恆將軍曾從中勸阻，要他放棄這樁婚事，林將軍坦直地向伍微之說：「你如果不聽我的話，想要和她結婚，有一天，你就是不自殺，也會皈依佛門！」但為情所迷的伍微之，並未為所動，毅然與汪綏英完成婚禮。有情人終成眷屬，婚後的生活是愉快的。

抗戰勝利後，烽煙又起，他們住家由四川而廣東，最後遷居到香港。儘管顛沛流離，但始終沒有影響到她們神仙般的生活，加上兩個孩子相繼出世，使他們家庭的和樂氣氛，有增無已。因此伍微之曾不止一次地暗自欣慰過，他慶幸當年沒有聽進林恆將軍的勸阻，否則他現在可能要悔不當初了。他想：「我不但沒有自殺，也沒有皈依佛門！」

一九五四年，伍微之捨棄了香港的教職，在美援中國知識分子協會的協助下，舉家遷台，任教於國立政治大學，講授英文作文，並兼任一個定期性的英文學術月

徐培根、徐芳夫婦

刊的主編，並在課餘之暇，從事學術翻譯工作，先後曾譯有《全盤戰略》及美國當代史學家艾瑪・彼得・斯密（Emma Peters Smith），大衛・沙維爾・募伊（David Saville Muzzey）和敏尼・勞合（Minnie Lloyd）三人合著的《世界史》等書。另外他的英文著作《改善你的英文作文》也極受讀者所歡迎。而汪綏英也在中央黨部婦女工作會工作，兩人的經濟生活一直都是相當寬裕的。

一九五九年的某一天，這個美滿的家庭變了，因爲有位名士翩然地闖進他們的生活圈子，並和他們時相過從。據說從那時起伍家夫妻便時起勃谿。到了一九六三年二月底，雙方感情終於破裂，汪綏英不顧兒女親情，急欲求去。三月二日伍家好友徐培根將軍夫人徐芳女士，及當年好友現已貴爲立法委員的陳紀瀅先生曾力予勸阻，要她不可意氣用事，以免悔恨終身，累及兒女，但均未爲汪綏英所接納。汪綏英並以他們在新店大坪林的住處，是她服務的機關所配給，要伍微之搬離。伍微之迫不得已，帶著一雙哭腫了眼的兒女，於三月三日含淚離去。當天晚上正是他們結婚十九周年的紀念日，原本要

陳紀瀅（右）與胡適

闔家歡慶的，如今卻黯然而別。搬家後的次日，伍微之曾寫了一封極其沉痛的長信苦勸汪綏英，應以兒女幸福爲念，懸崖勒馬，但汪綏英不爲所動，於是兩人終於在三月十九日宣告仳離。

說到陳紀瀅與汪綏英早年即相識於重慶山城，陳紀瀅還是常任俠的好友。後來大陸淪陷，陳紀瀅舉家遷台，幾年後汪綏英與伍微之也從香港來台定居。在一次與友人的聚晤中，陳紀瀅方知汪綏英也來到台灣，但雙方都各自有了家庭，而且生活美滿。直到陳紀瀅的元配夫人過世後，老年喪偶的他深感獨處悽寂，因此有了續弦之念，這時好友們也幫他介紹了一位楊小姐，但後來不了了之。就在此時，他獲悉汪綏英的家庭因細故而時起勃谿，甚至和伍微之的感情，已瀕臨不可收拾的地步。雖是如此，陳紀瀅因深受古禮教之束縛，仍不肯遽然就和汪綏英來往，他甚至還主動勸過汪綏英夫婦，要他們相愛如初。詎料事實的發展難料，兩人的感情卻愈來愈深，終至結合。

一九六四年二月十日晚間七時，兩人在台北市館前路中國大飯店八樓，正式舉行訂婚儀式，並請考試院長莫德惠福證，另外，尚請他的好友吳延環、張道藩、孫醫生及周靜仙爲介紹人，白雲梯及董春貽兩位則是雙方主婚人。在訂婚典禮上，陳紀瀅滿面春風，胸前的一朵紅玫瑰，特別鮮豔，新娘汪綏英則著一襲寶藍色旗袍，襟上也有一朵紅玫瑰，相互輝映。當天陳紀瀅還甜蜜地宣布：「我們將於農曆正月內結婚」，言下之意是

汪綬英與陳紀瀅（中）捐書給中央圖書館

陳紀瀅與母親及子女

快樂而有些迫不及待的。同年三月十四日，兩人終於締結秦晉之好，並於翌日偕汪綏英前往台中日月潭歡度蜜月。

一九八二年九月九日，陳紀瀅帶著夫人汪綏英至歐洲旅遊，陳紀瀅表示為了要修訂他前面出版的三本書：《歐遊剪影》、《歐遊眺望》、《西德小駐》，而有此旅遊的構想。在這次二十八天的旅程中，他們還在巴黎見到法國名作家、名教授邵可侶（J. Reclus）和他的中國夫人黃淑懿女士。邵氏伉儷為前北京大學及西南聯大的教授，陳紀瀅的小說《荻村傳》後來就是由他們譯成法文的。

一九九二年五月，陳紀瀅以歷年藏書二千三百二十九冊（計中文二千零三十四冊，英文二百九十五冊），捐贈給台北「國立中央圖書館」。次年十月，陳紀瀅再以藏書及手稿捐贈給「國立中央圖書館」。

一九九七年五月二十二日晚，陳紀瀅病逝於台北寓所。享年九十一歲。二十五日，在台北市長安東路「中山長老教會」舉行追思禮拜，由周聯華牧師證道，夫人汪綏英，及元配夫人所生長女雅寧、長子庭標、次女慕寧，均在場答禮。陳紀瀅過世後，汪綏英更加孤寂，最終的歲月幾乎都在新店市曲尺的仁愛之家度過的，晚年甚少與外界聯絡，在二〇〇四年左右離開了人世，活了九十多歲。百劫紅顏，終歸塵土。

常任俠、汪綏英、陳紀瀅三人，曾經歡聚於抗戰時的重慶。當時常任俠與汪綏英正在熱戀中，陳紀瀅心中或曾有暗戀過汪綏英，但畢竟她是好友的情人，況且自己已有妻女，或許不敢有所非分之想。時光流轉，汪綏英卻離常任俠而去，並改嫁於他人，幾經流離輾轉，兩人來到寶島台灣，再度重逢。最後，汪綏英又歸陳紀瀅的懷抱中，曾經是好友的情人，如今卻成自己的妻子，可歎造化弄人！

雨巷的憂愁

戴望舒的苦戀與仳離

呂孝信女士在她的回憶錄《耄年憶往》中談到詩人戴望舒的最後一任妻子楊靜女士，文中說：「楊原住香港，與戴於一九四八年離婚。戴死於一九五〇年，楊有二女，長女名詠絮，次女詠樹。離婚當時，說明次女由楊靜撫養，長女由戴撫養。自戴死後，中共封他爲愛國詩人，其女屬於烈士遺屬，可入一種特別優待烈士遺屬的學校。楊靜認爲離婚時雖有前者之約定，但是姊妹同爲戴氏所生，二人不應該分開受不同的待遇。因此在戴故去後，她帶了次女詠樹來北京要求與姊同入烈屬學校，經批准後姊妹二人就一同住宿在校內。楊靜是個有眞性情的人，熱情又富正義感。我們相識後十分投契，時常往來。」

回憶一九九五年夏天，爲記錄新文學作家一生的行跡，我們來到香港尋找張愛玲《傾城之戀》的場景、蕭紅在聖士提反女中樹下的埋骨之所、蔡元培在華人永遠墳場的墓園、許地山在薄扶林道中華基督教墳場的墓碑，但我們卻沒有找到同樣在薄扶林道的戴望舒的「林泉居」。據帶領我們的香港作家兼學者小思（盧瑋鑾）在一篇文章說：「五十多年來，薄扶林道改變得太多了，哪裡還有松林？哪裡還流著小溪？你不必去找山坡路口的木牌，因爲『林泉居』已經拆掉了——它卻永遠存在愛詩的人的心中。但那個山坡應該還在那裡，根據去訪過詩人的記憶，它就在薄飛路巴士總站再過去一個車站，香港大學體育館的斜對面。這幢房子，本來屬於香港大學教授馬爾蒂夫人的，她回國去，就把房子讓給詩人一家住，沒想到它會成了戴望舒作品裡的重要部分。失去的園子，永遠失去！『遮斷了魂夢的不僅是海和天，雲和樹，無名的過客在往昔作了瞬間的躊躇。』〈戴望舒〈過舊居〉〉」是的，曾經是林泉居的主人，在轉眼間卻成了匆匆的過客，而我們又冀望能尋些什麼呢？

戴望舒以「雨巷詩人」而馳名，繼而又領銜「現代」詩派。他的詩數量不豐、體式不宏、題材不廣，或許難當「雄沉博大」之評語，但放眼新詩風雨歷程，他又是繞不開的存在。連詩人余光中這樣對戴詩多有微詞者，也說他「上承中國古典的餘澤，旁採法國象徵派的殘芬，不但領袖當時的象徵派作者，抑且搖啓現代派詩風。」從二十年代開始創作到四十年代擱筆，戴望舒留下四本詩集：《我底記憶》、《望舒草》、《望舒詩稿》和《災難的歲月》，共存詩九十餘首。同爲文友的施蟄存晚年曾說：「這九十餘首所反映的創作歷程，正可說明『五四』運動以後第二代詩人，是怎樣孜孜矻矻地探索前進的道路。在望舒的四本詩集中，我以爲《望舒草》標誌著作者藝術性的完成，《災難的歲月》標誌著

戴望舒、楊靜和三個女兒

作者思想性的提高。」當那撐著油紙傘的詩人，那寂寥悠長的雨巷、那夢一般地飄過有著丁香一般憂愁的姑娘，那是多麼充滿象徵意味的抒情形象和意象。它以朦朧而不晦澀、低沉而不頹唐、深情而不輕佻，展現出「幽微輕妙的去處」。而「雨巷」後的戴望舒，他又把意象營造、暗示、隱喻等手法，不斷地發揚。儘管他的詩藝在前、中、後期有所不同，然而象徵詩派的基本質素卻貫穿始終。杜衡說：「象徵詩人之所以會對他有特殊的吸引力，卻可說是爲了那種特殊的手法恰巧合乎他底既不是隱藏自己，也不是表現自己的那種寫詩的動機的緣故。」總之，在詩的朦朧與透明、隱藏與表現之間，追求藏而不露的「半透明」的東方式的意境，是戴望舒詩歌美學追求的一個重要特色。

「雨巷詩人」戴望舒

而綜觀戴望舒的生活歷程和詩歌創作，離不了一個「情」字。「這是幸福的雲遊呢，還是永恆的苦役？」（〈樂園鳥〉）恐怕只有詩人自己才能回答。不過寫「情」的詩構成了他詩集乃至傑作的主要部分，已是一個不爭的事實。文人多情，自古皆然。湯顯祖曾把「情」提到生死肉骨的高度；對於戴望舒而言，恐怕也有這樣重要的意義吧！戴望舒在一首題爲〈我的戀人〉的詩中說——

我將對你說我的戀人，
我的戀人是一個羞澀的人，
她是羞澀的，有著桃色的臉，
桃色的唇，和一顆天青色的心。

詩中的女主角是施蟄存的大妹施絳年。施絳年生於一九一〇年，比戴望舒小五歲，上海女中畢業後在上海郵電部門當職員，此時業已成年，長得亭亭玉立。據傳記作家王文彬在《戴望舒與穆麗娟》書中的描述，戴望舒當時匿居於施家，與施絳年有了更多的接觸，愛情的幼苗在詩人的心田萌生。但上帝雖然賦予詩人超群的才華，卻沒有給他翩翩的風度。戴望舒體型高大、面孔黝黑，又因童年害過天花沒有醫好，留下滿臉痲子，再加上施絳年個性開朗、活潑，不像詩人那樣既衝動又憂鬱內向，性格上的差異造成彼此感情上不平衡。儘管如此戴望舒還是苦苦追求：「給我吧，姑娘，那在你衫子下的／你的火一樣的，十八歲的心／那裡是盛著天青色的愛情的／……它是我的，是不給任何人的／除非別人願意把他自己底眞誠的／來做一個交換，永恆地。」而另一方面戴望舒又體悟到施絳年微笑中的「寒冷」，就如同〈林下小語〉一詩中說：「不要微笑，親愛的：

啼泣一些是溫柔的。」在〈夜〉一詩中寫道：「你想微笑，而我卻想啜泣。」然後在這兩首詩中，他把「絳年」兩字分別鑲嵌在「絳色的沉哀」與「年海的波濤」兩句詩中，然後他說：「我怕那飄過的風，它帶走別人的青春和愛，當然也會帶走我們的。然後絲絲地吹入凋謝了的薔薇花叢。」

戴望舒的初戀是痛苦的，使他更爲痛苦的是他囿於傳統，自尊而又內向，胸有鬱積卻不能一吐爲快，只能把自己的「眞實」通過想像流瀉於詩篇之中。一九二九年四月，詩人自編的第一本詩集——《我底記憶》出版了，他在詩集的扉頁上大大地印了A Jeanne（給絳年）幾個法文字，並有兩行拉丁文的詩句，據戴望舒自譯爲——

願我在最後的時間將來的時候看見你，
願我在垂死的時候用我的虛弱的手把握著你。

詩人把自己對施絳年的感情公開了，把自己絕望的愛戀公開了。它表露詩人整個痛苦的靈魂，也爲這本小小的詩冊增加了感情的深度與重量。

而從《我底記憶》出版後的第一首詩〈印象〉，我們看到「如果是青色的珍珠；它已墮到古井的暗水裡」「從一個寂寞的地方起來的，／迢遙的，寂寞的嗚咽，又徐徐回到寂寞的地方，寂寞地」，而其中「林梢閃著的頹唐的殘陽，／它輕輕地斂去了／跟著臉上淺淺的微笑。」是否暗示著一種不幸的已經永遠消逝了的愛情？愛的冷漠，實際上是對詩人人格和生命的輕慢和蔑視。他忍受不了這種令人徒然、絕望的期待。在「愛和死只有一種選擇」中，他約請施絳年做最後一談，他希望她能接受他的感情，否則他就跳樓以身殉情。在這生命最後一瞬間，靈魂的震盪發出耀眼的火花，施絳年爲戴望舒的赤誠所感動，也爲他的自萌短見所震懾，她勉強地接受了他的感情。戴望舒回到杭州，請父母出面提親。施絳年的父母原本不同意這樁婚事，但如今在這種情況下，加上施蟄存的支持，也勉爲其難地同意了。

一九三一年十月，他們舉行訂婚儀式。次年十月八日，戴望舒應承了施絳年要他出國留學獲取學位，方同意完婚的條件，搭乘「達特安」號郵輪赴法。詩人的日記記載著離別的情景：「今天我終於啓程了。早上六點鐘醒來，絳年十分悲傷。在這離別的最後時刻，彼此間有許多安慰的話要說，卻什麼也說不出來。我幾乎哽咽起來。從中華路到了碼頭。施叔叔（施絳年之父）、蟄存、杜衡、時英（穆時英）、秋原（葉秋

戴望舒，一九二六年攝於上海

原）和他的妻子、吶鷗（劉吶鷗）、老王（望舒的姊夫）、姊姊瑛、老黃和絳年來送行。父親和瑛沒有上甲板來。我們請老王爲我們在甲板上拍了幾張照片。船啓航之前的那段時間，簡直難以忍受。絳年哭著。我擲了一張紙條給她，喊著：絳，別哭。但是它被風颳到水裡。絳年追奔著，沒有抓到它。當我看到飛跑般的她時，再也抑制不住自己的淚水了。船開航了，我回到船艙。當船啓錨離岸時，我跑向甲板，盡力眺望岸邊爲我送行的人群，瞥見了絳年，我久久佇立，直到再也見不到她的白手絹，才返回船艙。」

戴望舒到了法國巴黎大學旁聽課程，出入圖書館、博物館和書肆，拜訪作家和詩人。而由於經濟困窘使他無法安靜地從事創作，後經施蟄存介紹，他轉入收費較低的里昂中法大學學習。然後他到西班牙做短暫的旅行，在那裡他愛上了文學家塞萬提斯的《堂・吉訶德》、青年詩人費特列戈・洛爾迦的作品，並開始了對它們從事翻譯的工作。兩個月後，他回到巴黎。由先前對象徵主義的熱衷而轉向對現代派、超現實主義詩人的

戴望舒，一九三四年在西班牙

推崇。從艾呂雅、許拜維艾爾等詩人那裡，他進一步體味了詩是一種心靈「難以把握得住的東西」的藝術觀念。

一九三五年春天戴望舒由巴黎返國，但他卻失去了他的愛情。海外的傳聞，並非空穴來風。施絳年已經移情別戀了。其實早在訂婚前，她和別人已有戀情，但又不能公之於眾。偏偏戴望舒又苦追不捨，並以身殉情；加之父母也點頭允諾，她只得勉強與戴望舒訂婚，然後又以出國留學爲由把婚期延宕下來。戴望舒一去法國，施絳年即表示不能與之結婚，因爲她另有其人。此事引起軒然大波，爲了不給遠在海外的詩人增添苦惱，施蟄存和其他國內的親友一直瞞著他。戴望舒回國後，面對這樣的情形，既痛苦又氣憤。他找施絳年的父母理論，施父只有賠不是。他當眾打了施絳年一記耳光，然後登報解除婚約，結束了爲期八年的苦戀。戴望舒以他自己生命的近六分之一的時光，去執著地追求他的愛情，儘管最後是失敗的，但我們從這些詩句中還是可以感受其愛情的分量，正如他在譯詩〈戀愛的風〉中的痛苦的吟唱：「戀愛啊，我的冤家／我啃著你苦味的根！」

失去了施絳年的愛情，詩人與他的朋友穆時英、劉吶鷗、杜衡有了更多的交往。也由此他認識了穆時英的妹妹穆麗娟。穆麗娟生於一九一七年，小詩人十二歲，是穆家唯一的女孩，端莊秀麗。因爲哥哥的關係，穆麗娟很自然和戴望舒有了往來。先是晚上一

戴望舒與穆麗娟

起玩，戴望舒從法國帶回一種法國式打橋牌的方法，教穆麗娟他們打牌，或者去跳舞；再者戴望舒又請穆麗娟白天幫他抄稿子，彼此有了更多單獨接觸的機會，逐漸產生親昵的感情。一九三五年冬，杜衡受戴望舒的委託，向穆麗娟母親提親。訂婚時，沒有舉行儀式，戴望舒通過杜衡把錢給穆麗娟母親，要穆麗娟自己買一個鑽石戒指，以誌紀念。一九三六年六月他們結婚了，婚禮在上海北四川路新亞飯店舉行。婚後他們搬到上海亨利路永利村三十號居住。生活的安定和美滿，促使戴望舒更加勤奮，他除了寫詩外，也繼續翻譯《堂・吉訶德》，而學習俄語也從這個時候開始的。另外他同孫大雨、梁宗岱、馮至、卞之琳等人創辦《新詩》雜誌。這個一直堅持到抗戰爆發才停辦的刊物，顯示了這一批新詩人對新詩現代化與純詩建設的共同努力和追求。

抗戰爆發後不到一年，戴望舒舉家由上海遷到香港，初時住在學士台，後來搬到薄扶林道的「林泉居」。一九三八年八月他主編的《星島日報》副刊「星座」創刊，他決心在敵人入侵造成的「陰霾氣候」中掙扎，以自己微渺的光明，「與港岸周遭的燈光盡一點照明之責」。國內和流亡在香港、南洋的許多作家，都成了「星座」的作者。該刊成爲當時文化界堅持以文藝爲武器、爲民族危亡盡力的一個重要陣地。戴望舒同民族敵人和港署當局進行了頑強的鬥爭。一九三九年五月，戴望舒與張光宇合辦《星島週報》。隨後又與艾青合編詩刊《頂點》，與馮亦代、葉靈鳳等合編《耕耘》雜誌。在十分活躍的香港文壇中，戴望舒成爲一個核心的角色。

在香港「林泉居」雖是「一個安樂的家」，但戴望舒後來卻說：「可是，女兒，這幸福是短暫的，／一霎時都被雲鎖煙埋。」其實在表面寧靜幸福的氛圍中，一直潛伏著情感的危機，傳記作家王文彬就指出這危機卻來自詩人本身。他和穆麗娟的結合，來得順利，幾乎沒什麼波瀾，因而缺乏像施絳年那樣有力的衝動和深沉的激情。他把小自己十二歲的穆麗娟看成不懂事的「小孩子」，家中的事都由他做主。他沒有注意到穆麗娟的內心，缺少與她作深層的感情交流。穆麗娟在半個世紀後的一九九四年，接受王文彬的訪問，談到她和戴望舒在香港的後期生活時說：「他是他，我是我，我們誰也不管誰幹什麼，他什

戴望舒、穆麗娟與女兒

麼時候出去、回來，我都不管；我出去，他也不管。」又說：「我們從來不吵架，很少談話，他是他，我是我。從小家裡只有我一個女孩子，家庭和睦，環境很好，什麼時候都不能有一點點不開心，看戴望舒看不慣，粗魯，很不禮貌。我曾經警告過他，你再壓迫我，我要和你離婚。戴望舒聽了也沒說什麼，他對我沒什麼感情，他的感情都給施絳年去了。」

這樣戴望舒和穆麗娟性格和心理的矛盾慢慢積聚起來，兩個人的世界由溫馨逐漸趨於冷漠。好友徐遲就說戴望舒從法國、西班牙買了好多箱書回來，整日翻來倒去，吟讀摩挲，愛不釋手，有部紀念版《堂・吉訶德》，像堵牆那麼厚，像扇小門那麼大，封面用了雕花鏤空的手藝，製作本身就是一件藝術品。戴望舒陶醉、癡迷於書海中，整天伴著他的筆、他的書，而冷落了妻子。

一九四〇年的冬至，穆麗娟的母親病逝。戴望舒把這一消息瞞著穆麗娟，後來穆麗娟從別處得知實情，悲痛地帶著女兒朵朵（詠素）趕回上海，卻連母親的最後一面都沒有見到，痛定思痛後，她通過書信向在香港的戴望舒提出離婚。這時又風傳有位朱姓大學生在追求穆麗娟，這位大學生每天叫花店送上一束花，花中夾一張名片，寫一個條子給穆麗娟，前後達一個多月。戴望舒知道後，於一九四一年六月趕到上海，他找到朱姓大學生，阻止事態發展。後來這位大學生因思想偏激，遭到通緝，到內地參加抗日去，這段戀情也終止了。雖然嚴酷的現實沒有提供穆麗娟跨越雷池的選擇，但她卻領略了另一種感情的態勢，更強化了對戴望舒的疏離感。

回到香港的戴望舒繼續努力於挽救婚姻，他寄錢寫信呼喚妻子的歸來，但換來的卻是穆麗娟離婚的決心。戴望舒再一次從幸福之巔跌落到痛苦的深淵，於是他給穆麗娟發出「絕命書」：「從我們有理由必須結婚的那一天起，我就預見這個婚姻會讓我們帶來沒完的煩惱。但是我一直在想，或許你將來會愛我的。現在幻想毀滅了，我選擇了死，離婚的要求我拒絕，因爲朵朵已經五歲了，我們不能讓孩子苦惱，因此我用死來解決我們間的問題，它和離婚一樣，使你得到解放。」這是戴望舒第二次爲感情而選擇自殺，穆麗娟接信後告訴戴望舒的姊姊戴瑛，戴瑛說：望舒過去自殺過，一個人不可能再自殺一次。但戴望舒卻眞的服毒自殺了。

對於戴望舒的自殺舉動，詩人周良沛有他的解讀：「這也許正從反面反證了他不是穆麗娟眼中所看的那樣，心裡是很熱很熱的。否則很難想像，那麼魁梧粗壯的大漢，感情竟脆弱得那麼不堪一擊，在感情擊碎到崩潰而無法收拾時，又從崩潰中迸出肅殺的剛烈而自毀。他服毒自殺。爲絳年戀情他如此，爲穆麗娟鬧離婚也如此。」

詩人所幸是獲救了，然而這舉動並沒有讓穆麗娟回心轉意。她回信的態度仍是決絕的：「……今天我將堅持自己的主張，我一定要離婚，因爲像你自己說的那樣，我自始就沒有愛過你！」這樣，雙方通過信函聯繫，並經律師馬叔庸辦理離異（分居）協議，半年爲期，以觀後效。分居期間，戴望舒不僅履行協議，而且還在繼續努力修補殘破的婚姻，他書信不斷，他爲妻子寄去盡可能多的生活費，並且寄了兩本日記，表明自己的誠意和願望。在一九四一年八月十六日的日記上這麼寫著：「昨天收到了麗娟的信，高興了一整天，今天也還是高興著。麗娟到底是一個有那麼好的心的人。在她的信上，她是那麼體貼我，她處處都爲我著想，誰說她不是愛我著呢？一切都是我自己不好，都是我以前沒有充分地愛她——或不如說沒有把我對她的愛充分地表現出來。」他還委託《宇宙風》雜誌編輯周黎庵（周劭）就近代爲照顧穆麗娟。

一九四一年末香港淪陷。次年春，戴望舒被日寇逮捕入獄，受盡嚴刑拷打，但他堅貞不屈，在獄中寫下了〈獄中題壁〉、〈我用殘損的手掌〉等光輝的詩篇。題壁詩這麼寫著：

如果我死在這裡，
朋友們，不要悲傷，
我會永遠地生存
在你們的心上

你們之中的一個死了，
在日本佔領地的牢裡，
他懷著深深仇恨，
你們應該永遠地記憶。

當你們回來，從泥土
掘起他傷損的肢體，
用你們勝利的歡呼
把他的靈魂高高揚起，

然後把他的白骨放在山峰，
曝著太陽，沐著飄風；
在那暗黑潮濕的土牢，
這曾是他唯一的美夢。

戴望舒與楊靜結婚照

同年五月經葉靈鳳設法，戴望舒被保釋出獄，而原有的哮喘病也更加嚴重了。

出獄後不久，戴望舒認識年僅十六歲的少女楊靜（麗萍），據戴望舒的長女詠素後來的描述：「父親的新妻叫楊麗萍（楊靜），她的父親是寧波人，她的母親是廣東人，她身上兼有兩地人的特點與美麗：精緻的五官，鮮明的輪廓，一雙廣東人的大眼睛被長長的睫毛覆蓋著。小巧玲瓏的身材，閃著光澤的淺棕色的皮膚，是個美人。她活潑好動的性格使她十分容易與人相熟。」楊靜當時在大同圖書印務局工作，而戴望舒也正好在此供職。大同圖書印務局中日本人經常進進出出，戴望舒擔心楊靜的安危，於是勸她辭掉工作，到他家中幫忙抄寫文稿，由於朝夕相處，情愫漸生。而遠在上海的穆麗娟，始終沒有回應戴望舒的呼喚。因此在一九四二年十一月二十四日，戴望舒致函穆麗娟同意離婚。次年一月二十三日，戴望舒寄出「離婚契約」。同年五月三十日，戴望舒與楊靜在香港結了婚。

不久，穆麗娟也與曾經是戴望舒託他照顧她的周黎庵在上海結婚了。周黎庵出道很早，年紀很輕時就協助林語堂等編輯《宇宙風》、《西風》等雜誌。抗戰爆發後，他與柯靈等承繼魯迅的戰鬥精神，寫作風格也受魯迅影響，成爲名噪一時的「魯迅風」雜文代表作家。然而，上海淪陷後，周黎庵接受梁鴻志女婿朱樸的邀請，擔任了《古今》雜誌主編。這本雜誌的內容雖不過是文獻掌故、散文小品等一路文字，但是由於其背景複雜，又常登載陳公博、梁鴻志、周佛海等大漢奸的文章，人們自然就把《古今》看成了漢奸雜誌，周黎庵也被視爲附逆了。戴望舒對於穆麗娟居然嫁給附逆的周黎庵是相當耿耿於懷的，他說：「……而更使我慘痛的，就是她後來終於離開了我，而嫁給了附逆的周黎庵了，這就是我隱秘的傷痕。」

戴望舒對於民族氣節是相當看重的，也因此在抗戰勝利後，當二十一位「留港粵文藝作家」聯名指控他附逆時，他寫下〈自辯書〉說：

……在這個境遇之中，如果人家利用了我的姓名（如徵文事），我能夠登報否認嗎？如果敵人的爪牙要求我做一件事，而這件事又是無關國家民族的利害的（如寫小說集跋事），我能夠斷然拒絕嗎？我不能脫離虎口，然而我卻要活下去。也許我沒有犧牲了生命來做一個例範是我的一個弱點，然而要活是人之常情，特別是生活下去看到敵人的滅亡的時候。對於一個被敵人姦污了的婦女，諸君有勇氣指她是一個淫婦嗎？對於一個被敵人拉去做勞工的勞動者，諸君有勇氣指他是一個叛國賊嗎？我的情況，和這兩者有點類似，而我的痛苦卻更深沉。……

戴望舒與楊靜結婚後，他們先住在薄扶林道原來的房子，後來遷居干德道，最後搬至藍干道，都是景色幽雅、地方寬敞的住宅區。戴望舒除了寫作、編副刊，還在胡文虎家中任補習老師，每月收入五百港幣，生活景況還是不錯的，家中有轎車，楊靜開車。一九四四、四五年，女兒二朵（詠絮）、三朵（詠樹）相繼出生，給家庭帶來新的歡樂。戴望舒在詩中就這麼寫著：「不如寂寂地過一世／受著你光彩的薰沐／一旦為後人說起時／但叫人說往昔某人最幸福。」然而由於兩人在婚前缺少相互瞭解，年齡、教養和性格上的差異，使得他們無法在同一感情層次上作對話。楊靜外貌固然宜人，但她的感情帶有明顯少女式的跳動性，敏感的詩人常常覺得把握不住、捉摸不定。一個需要平靜安定，一個則青春活躍，兩個人隱伏的分歧很快就顯現出來了。

一九四六年春天，戴望舒全家回到上海。一九四八年夏，他攜妻挈女再度流亡香

戴望舒，一九四七年在上海

港。但生活無著，戴望舒又陷入困境。這期間家庭風波又起，同年底，楊靜愛上了住於同一幢房子姓蔡的青年，並向戴望舒提出離婚。戴望舒雖然極力想挽救婚姻，但最後還是在一九四九年二月二十一日簽字離婚了。之後，戴望舒攜帶詠素、詠絮（另詠樹歸楊靜）搬到葉靈鳳家客廳暫住。據葉靈鳳說：「望舒這時的哮喘病已經很深，同時家庭間又一再發生糾紛，私生活痛苦已極，這時他的大女兒又從上海來了，爲了病，爲了這些不如意的事，他的肉體的精神上的負擔實在很大。本來樂觀強倔的他，這時也一再在人前搖頭說：『死了，這一次一定死了。』」

一九四九年三月戴望舒帶著喜悅激動的心情，攜兩個女兒與詩人卞之琳一起，乘船經天津塘沽回到北京。他參加了全國文藝界第一次代表大會的盛會，被推選爲作協詩歌工作者聯誼會理事。他全身心地投入新的工作和生活。但病魔卻過早地奪走了他年輕的生命，一九五〇年二月二十八日因病去世，此時他只有四十五歲。

據呂孝信的回憶，後來楊靜又改嫁一位留美學生楊道南，肅反期間楊道南被捕並隔離審查，此時楊靜正懷孕，她每天搭公車去上班，因丈夫是問題人物，故大家早已對她另眼相看，加上她有孕在車中嘔吐，更惹得同車的人的厭惡與白眼。不久她的丈夫因不堪侮辱和冤屈，跳樓自殺，但所幸未曾致命。後來楊靜又生一子，並且在一九六三年調職貴州，一去十五年，直到一九七八年才返香港。爲了替長子儲蓄留學費用，她爲人幫傭，後來長子終於到美國求學並成家。一九八七年楊靜曾與丈夫到紐約並見到好友呂孝信，兩人重敘話舊。翌年她的次子也如願移民美國，但她卻罹患胃癌，多次到大陸遍訪名醫，但最後終告不治。

而陳寶在〈戴望舒最後的愛〉文中說：「多年來楊靜頻頻往返美國、香港、北京，每一次都不忘隨身帶著望舒回京後給她的第一封信（案：即兩人離婚後，戴望舒於一九四九年四月二十七日寫給她的第一封信），是十年浩劫被抄家後唯一倖存的一封，……四、五十年來，紙張已經殘破發黃，它們代表著楊靜生命中極重要的一部分，代表著她一生也許是最幸福的一些日子。」

當年戴望舒雖然和楊靜離婚並到了北京，但他還是相當關懷遠在香港的楊靜，他給楊靜的第一封信，就這樣寫著：「你的計畫如何？到法國去呢，到上海去呢，還是留在香港？我倒希望你到北平來看看，索性把昂朵（案：詠樹）也帶來，現在北平是開滿了花的時候，街上充滿了歌聲，人的心裡充滿了希望。在香港，你只是一個點綴品，這裡，你將成爲一個有用的人，有無限前途的人。」深情款款的話語，半個世紀來，恐怕都是楊靜最大的慰安。而楊靜在戴望舒去世二十八年後回憶說：「那時候我年紀太小，對他瞭解不多，也沒有想到要好好瞭解他。現在看來，可以說是一件憾事。」

回看戴望舒一生的感情生活，是極不平坦。他的浪漫氣質讓人無法承受，彼此相愛的人從此天各一方，音訊杳然，他內心又何嘗能割捨這種依戀？除了夢裡淚眼相對，以尋得那份纏綿，舊居的憑弔或可稍稍撫慰自己的心靈。於是他寫下了〈過舊居〉，回憶那段在「林泉居」的日子。在這首詩的前八天，詩人寫下了僅有四行的同名詩稿，也許他在有意無意中試圖抑制這種思念情結，但幾天後他卻又寫下那長達五十六行的詩作，他是抑制不住那份思念的。因爲——

我們曾有一個安樂的家，
環繞著淙淙的泉水聲，
冬天曝著太陽，夏天籠著清蔭，
白天有朋友，晚上有恬靜，
歲月在窗外流，不來打擾
屋裡終年長駐的歡欣，

如果人家窺見我們在燈下談笑，
就會覺得單爲這也值得過一生。

何況當時詩人還擁有「妻如玉，女兒如花」，可是一切都如炊煙般地消逝了。「過去都壓縮成一堆，／叫人不能分辨，日子是那麼相類，／同樣幸福的日子，這些孿生姊妹！」窗後「有幸福在窺望」純屬錯覺，卻恰似做了一場「白日夢」。「有人開了窗，／有人開了門，／走到霧台上——／一個陌生人。」這舊居不僅是人去樓空，而且又有了新的主人。它不僅意味著詩人成爲局外人的尷尬，也意味著對他回憶的拒絕。於是詩人徹底從夢裡醒來，發出一聲長嘆：「揾淚的過客在往昔生活了一瞬間。」是的，當歷經歲月滄桑後，更幾度人間風雨！

記憶中永遠的甜蜜

記卞之琳與張充和的一段情

二〇〇五年八月國際著名學者史景遷（Jonathan Spence）的夫人金安平（Annping Chin）女士出版了《合肥四姊妹》的中譯本①，在序言中金安平說，張充和女士及其夫婿傅漢思（Hans H. Frankel），曾是史景遷一九六〇年在耶魯大學求學時的老師，她是透過張充和才寫成該書的。在書中她寫道：「卞之琳最近以九十高齡辭世（案：卞於二〇〇〇年十二月二日在北京去世），大家都知道，他對充和一直不能忘情。他早就知道自己無緣成爲充和的意中人，但還是給她寫了許多信，直到充和婚後，仍然繼續。他還蒐集充和寫的詩歌、小說，拿到香港去發表，事先並未知會充和。連虎虎（案：沈從文和張兆和的次子——沈虎雛）這個小不點兒都知道卞之琳爲情所困。虎虎對父母說，他做了個夢，夢見四姨（案：張充和爲張兆和之四妹）坐了條「大船」從遠方回來。『詩人舅舅在堤上，拍拍手，口說好好。』而晚年張充和回憶當年，她覺得卞詩「缺乏深度」，人也未免「不夠深沉」，「有點愛賣弄」。但卞之琳的友人及學生都說他是個沉默寡言的人，「戴著高度的近視眼鏡」，「清癯的面頰又常常不加修剪」，似乎不像張充和所說的。金安平最後得出的結論是「充和不僅善諷，還有很強的思辨力，這種女人豈能輕易放過卞之琳這種男人！卞之琳自稱詩人，把瓦雷里、魏爾崙掛在嘴邊，同時又是充和的裙下之臣，要充和不揶揄他也難。」

前塵往事，對張充和而言，或許已是雲淡風輕，但對卞之琳而言，卻是情深一往！

詩人卞之琳

尤其是卞之琳詩句中所吐露出的眞情，可說是「情到深處無怨尤」！而這在金安平的書中卻簡單地一筆帶過。秉筆直書，不爲親者諱，爲治史者的基本要求。當歷歷往事已化爲動人的詩篇，似乎不能簡單地視爲詩人的自我多情，而對卞詩「缺乏深度」的揶揄，更是有失公允。因此筆者參考張曼儀的《卞之琳著譯研究》[2]所附之年表，及陳丙瑩的《卞之琳評傳》[3]和北塔等人的文章，再加上卞之琳的「文本」，梳理出此段感情的陳跡殘影，或可補《合肥四姊妹》一書之不足，而重現當年的一些史實。

卞之琳是三十年代的重要詩人。他一九一○年生於江蘇海門馮家鎭。一九二九年考入北京大學外文系。入大學不久，他就先後結識同在北大外文系學習的李廣田與哲學系的何其芳。卞之琳說，一位是「紅臉的穿大褂」的青年，一位是「戴著深度近視眼鏡，一邊走一邊抬頭看雲，旁若無人的白臉矮個兒」的青年。而他們三人讀書的北大紅樓前的那段馬路，當時就叫漢花園，因此到了一九三六年他們出版的新詩合集，就名爲《漢園集》，他們三人並以此詩集而聞名。卞之琳開始寫詩是在一九三○年，而一九三一年初，當時在北大教他英詩與翻譯課的徐志摩，把他所寫的一些詩帶回上海，跟沈從文一起讀了，居然大爲讚賞，於是分別在上海的《新月詩刊》、南京的《創作月刊》、《文藝月刊》上發表。後來徐志摩和沈從文兩人，還決定支持他出一本詩集。徐志摩答應寫序（案：後來並未寫出），而《新月詩刊》上也登了廣告。沈從文爲它取了書名《群鴉集》（因其中有〈群鴉〉一詩），並寫了〈附記〉，發表於一九三一年五月的《創作月刊》。然因爲「九一八」、「一二八」事件及徐志摩飛機遇難，這本詩集終於未能面世。與此同時，卞之琳於一九三〇年也開始發表譯作。他的翻譯才華立刻引起譯壇注目。一九三一年徐志摩在給卞之琳的信中，就讚賞他所譯哈代（Thomas Hardy）的詩——〈The Weary Walker〉，譯得「極佳」，比徐的翻譯「高明得多，甚佩」④。（案：徐志摩的譯詩，發表於一九二六年五月二十日的《晨報．副刊》，而卞之琳的譯詩，後來發表於一九三四年四月一日的《文學季刊》第二期。兩相比較之下，卞譯無疑地優於徐譯。）徐志摩還推薦他譯法國作家司湯達（Stendhal）的《紅與黑》（*The Red and the Black*）。一九三一年十一月中旬的一個上午，卞之琳在北大紅樓一間小閱覽室閱讀英譯本《紅與黑》，忽然管理員由外邊匆匆跑進來說：徐先生死了，他坐飛機出事了。「我一聽說，再也讀不下去，默不作聲，掩卷還書，退出來了」，以至於以後一直

青年時期的卞之琳

再「不忍卒讀司湯達這部小說」。《紅與黑》不譯了，但其他譯作卻不斷地問世。⑤

由於卞之琳在學生時代，就已開始同一些前輩作家交往，因此當一九三三年夏在北大畢業後，他就眞正踏入北平的文學圈。而在三、四個月前，他曾到青島去探訪沈從文，沈從文資助他出版了詩集《三秋草》，而該詩集就成爲卞之琳面世的第一本詩集。不久，沈從文從青島回到北平，同年九月九日，就和當年他在上海中國公學教書時，熱烈追求的學生張兆和結婚了。他們在西城達子營建立了自己的家庭，卞之琳也成了沈家的常客。而在同時，張充和因參加三姊兆和的婚禮，也來到北平。不久，她到北大去旁聽，暫時住在沈家，卞之琳也就在沈家認識了張充和。張充和是蘇州教育家張武齡的四女。張家子女眾多，四個女兒（元和、允和、兆和、充和）「詩詞、書畫雋秀」，在父親影響下率多能文，或兼精於（崑）曲事，當時被稱爲「才女」。張充和一九三四年如願地考入北大中文系就讀（她國文考一百分，但數學卻零分，最後破例錄取），也許是因爲卞之琳與張充和都來自江南，都先後在北大上過學，都愛好

合肥四姐妹，左起充和、兆和、允和、元和

文藝；所以兩人挺談得來的。

卞之琳感覺彼此有相通的「一點」，他的心弦大概是顫動了幾下的，但由於他的性格是矜持而拘謹的，他不敢肯定對方是否也有那份情愫，因爲張充和可能對別的男士也是那麼熱情、那麼大方；這種懷疑的心理，使他更顯得遲疑。卞之琳晚年回憶起免不了有些悵然，他說：「由於我的矜持，由於對方的灑脫，看來一縱即逝的這一點，我以爲値得珍惜而只能任其消失的一顆朝露罷了。」⑥卞之琳在剛剛大學畢業時，原是準備留在北平，以翻譯爲生的；但現在他決定趁自己還沒有深陷情網時，趕緊逃離北平。這時畢業於清華大學的曹禺因進研究生院，於是邀卞之琳去河北保定育德中學代他教課（曹禺「大約只教了一兩週」），卞之琳於是乘機就去了保定。他在保定只待了一個學期，就以校課過重，辭職返回北平。但此時，他似乎將感情的新芽深藏在心底，對張充和並沒有言行方面的明顯表態。

一九三六年初，張充和因病輟學，回到蘇州老家。一九三六年十月，卞之琳由於母親病逝，回家奔喪。辦完喪事後，卞之琳由故鄉海門去蘇州探視張充和，甚至還在張家住了數日，由張充和及其大弟陪同遊天平山等風景名勝。這就是卞之琳後來在《雕蟲紀歷．自序》所說的：「不料事隔三年多，我們彼此有緣重逢，就發現這竟是彼此無心或有意共同栽培的一粒種子，突然萌發，甚至含苞了。我開始做起好夢，開始私下深切感受這方面的悲歡。」而張充和在身體康復後，她到了南京《中央日報》做過一陣子副刊編輯，這期間她曾以各種筆名發表過散文、小品和短篇小說。一九三七年初，卞之琳曾南下江浙、上海等地轉悠，對於張充和，卞之琳的感覺是，「隱隱中我又在希望中預感到無望，預感到這還是不會開花結果。彷彿作爲雪泥鴻爪，留個紀念，就寫了〈無題〉這種詩」。

卞之琳在該年的三月到五月間，精心地寫下〈無題〉五首組詩。其中第五首——

我在散步中感謝
襟眼是有用的，
因爲是空的，
因爲可以簪一朵小花。

我在簪花中恍然
世界是空的，
因爲是有用的，
因爲它容了你的款步。

學者北塔認爲這首詩中有著濃厚的色空觀念——我的世界本來是空無一物的，因爲你的到來，我才感覺到了它的存在和意義；而你，包括你的襟眼、你的款步以及我順手送給你的，作爲你的象徵的小花，都是色的表象。在色與空之間，也許僅僅是我對你的愛的執著⑦。我的「無」因爲有了你而成了「有」，而有了些微的喜悅，但「即使在喜悅裡還包含惆悵、無可奈何的命定感。」

這種喜悅之情表現得最充分的，是〈無題〉的第二首——

窗子在等待嵌你的憑倚。
穿衣鏡也悵望，何以安慰？
一室的沉默癡念著點金指，
門上一聲響，你來得正對！

楊柳枝招人，春水面笑人。
鳶飛，魚躍，青山青，白雲白。
衣襟上不短少半條皺紋，

這裡就差你右腳——這一拍！

至於卞之琳最被傳頌、最多元解讀的作品，可說是寫於一九三五年十月的〈斷章〉一詩，它問世七十年來，既眾口流傳，也眾說紛紜。詩只有四句，這麼寫著——

你站在橋上看風景
看風景的人在樓上看你

明月裝飾了你的窗子
你裝飾了別人的夢

有學者江弱水指出，事實上，〈斷章〉最容易的讀法，正是把它當成一則愛情故事。男主角矜持、含蓄，私心傾慕著一位美麗的女子，卻始終不敢表白，只是從遠處偷覷，在夢裡相尋；而那位女子則渾然不知自己，已成爲別人眼中的美景，夢中的珍飾⑧。

一九三七年三月，日軍正逼近北平，卞之琳於是就南下江、浙、滬等地。五月他在杭州把今年所做十八首詩加上前兩年各一首，編成《裝飾集》，題獻給張充和，因爲這些詩大部分都是爲她而寫的。卞之琳手抄一冊，本擬交詩人戴望舒之「新詩社」出版，但終未果。六月他和蘆焚（師陀）經上海到雁蕩山，住在位於山腰的慈悲閣中，據師陀晚年回憶，當時卞之琳爲等張充和的信，哪怕是下雨天，他們也要「帶著電筒……拿著雨傘跑三里路」到山腳下的汽車站去看有無郵件⑨。後來卞之琳應四川大學文學院院長朱光潛之邀，於一九三七年十月十日抵成都，在外文系任講師。此時他給避居在安徽合肥老家的張充和寫信，催促她到成都工作。一九三八年三月中旬，張充和到了成都，借住在她二姐允和家中。

一九三八年春、夏間，張充和在成都青城山作〈菩薩蠻〉、〈鷓鴣天〉、〈鵲橋仙〉詞三首，並給卞之琳看過初稿。其中〈鵲橋仙〉一詞云：「有些涼意，昨宵雨急，獨上危岑佇立。輕雲不解化龍蛇，祗貼鬢凝成珠飾。連山千里，遙山一碧，空斷憑虛雙翼。盤拏老樹歷千年，憑問取個中消息。」⑩這首詞顯然含有激勵親近者，更奮發投身邦家大事的意味。而此時的卞之琳，也認爲「大勢所趨，由於愛國心、正義感的推動，我也想到延安去訪問一次，特別是到敵後浴血奮戰的部隊去生活一番。」⑪於是在一九三八年的夏天，他和好友何其芳、沙汀夫婦到了延安。一年後，他又回四川大學復職，就在學年結束時，校方知其去過延安，因此不再續聘。

一九四〇年夏天，卞之琳到昆明西南聯大任外文系講師，那是因爲張充和在他之前就到了昆明。張充和在沈從文的推薦之下，在教育部教科書編選委員會編選散曲。但不巧的是，當卞之琳到昆明去跟她相會時，張充和卻很快又隨單位遷到了重慶。從此兩人，又是相隔兩地。大概在昆明期間，張充和向卞之琳攤了牌，使他頓感絕望、萬念俱灰，感情上「受了關鍵性的挫折」，也因此他開始「埋頭寫起一部終歸失敗的長篇小說來了」。儘管他本人一直說寫作這部小說的目的是要「挽救世道人心」，但他要拯救的還有他自己的已然破碎的心。《山山水水》這部小說初稿是完成了，但在一九五〇年代初期，卞之琳認爲不符合上級要求「寫工農兵」的文藝政策，於是他把全部書稿焚燬了。看過全稿的只有他的那位「溫柔的朋友」。但我們從在這之前已發表的，不及原稿十分之一的六、七萬字來看，小說用了織網似的敘事和語言技巧，結構相當繁複，取法美國著名小說家亨利・詹姆士（Henry James）的手法。北塔認爲，這樣一部小說的寫作，對當時的作者而言，具有自我療傷的功效，它有助於縫合作者心靈的碎片[12]。另一方面卞之琳自己也說，書名「含有山水相隔又相接的矛盾統一意味」；但「山」和「水」又隱喻男和女，所以他又說小說的主線是「一對青年男女的悲歡離合」[13]。卞之琳在編織男女主人公的故事的同時，也在追念自己的戀愛歷程。

一九四三年初，卞之琳曾去重慶找張充和，逗留旬日，期望她能回心轉意，但似乎一切已枉然了。一九四六年五月，卞之琳到上海準備北返天津他任教的南開大學，他又

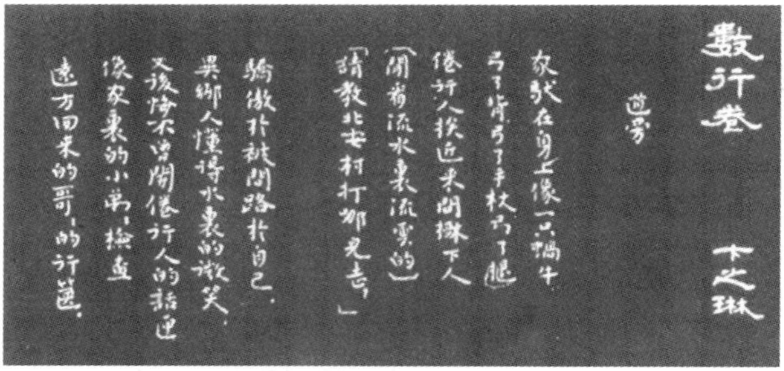

張充和手抄卞之琳的詩

一次見到了剛剛從重慶回到上海的張充和。於是他在江南逗留了近半年，其間還曾到蘇州張充和的家裡過中秋節。而從無錫返回上海時，他去好友王辛笛家中做客，他向王辛笛傾訴自己在感情上的不幸，他取出了一卷隨身帶著的墨寶，是做爲書法家的張充和爲他抄寫的《數行卷》，卷末署有「爲之琳抄」四字。這一卷軸「是用銀粉寫的，抄錄了卞先生的〈斷章〉、〈圓寶盒〉等七首最優秀的詩作。」⑭一九四七年臨近暑假時，卞之琳爲了辦理去英國牛津大學拜里奧學院（Ballio College）訪問一年的出國手續，又來到了南京及上海，臨出國前，他到蘇州小住數日，並與張充和話別。

不久，張充和到了北平，住在沈從文家。一九四八年三月，當時在北京大學教拉丁文、德文和西洋文學的美國漢學家傅漢思，透過同事金隄的介紹而認識沈從文。以後他常常到中老胡同沈家去，也因此認識了張充和。那時張充和正準備在北大教書法和崑曲。據傅漢思〈初識沈從文〉一文中說：「過不久，沈從文以爲我對充和比對他更感興趣。從那以後，我到他家，他就不再多同我談話了，馬上就叫充和，讓我們單獨在一起。」⑮一九四八年十一月十九日張充和和傅漢思結婚了，一個月後他們雙雙去了美國。

一九四八年底，卞之琳離英返國。回到香港時，見到了許多聚集香港的熟識作家，他在葉靈鳳家就見到戴望舒父女。一九四九年三月，他與戴望舒父女同行返回北京，四月，任北京大學西語系教授。同年，他結識了《工人日報》年僅二十六歲的女編輯青林（原名青述麟，四川成都人）。一九五五年十月一日，他們結婚了。從五〇年代初起，青林在《人民文學》、《收穫》等刊物上發表過多篇小說、小品文，頗受注目。其中有兩篇被英文刊物《中國文學》和《中國建設》刊登。一九五八年後，青林擔任文學所刊物《文學知識》的編輯，一九六〇年該刊物停辦後，她轉到了中學去教書。

一九八〇年卞之琳訪美時，曾與當時任美國耶魯大學藝術系講師的張充和見面。兩人久別重逢，卞之琳將三十多年前沈尹默（案：沈曾為張充和的書法老師）圈改過的張充和的幾首詩稿，物歸原主。那是卞之琳在一九五三年，在蘇州參加農

卞之琳與青林

業合作化的試點工作時，一個秋天的夜晚，他坐在張充和的閨房裡，在張充和「留下的空書桌前」，所意外發現的。而正好張充和手頭，只有沈尹默的信而沒有詩稿，所以卞之琳稱這是「合璧」之事（案：一九八五年卞之琳還特別爲此寫了篇情深款款的散文——〈合璧記趣〉，發表時配上了張充和手跡的影印件，使它與自己的文章「交相輝映」。）；而張充和則送給卞之琳，她近年來唱的幾支崑曲曲段（包括《題曲》）的錄音帶。後來卞之琳比較抗戰初期他所珍藏的張充和的《題曲》的同一曲段，他說：「半世紀以前同一段灌片聽起來也哀怨動人，嬌嫩一點，正顯得年輕呀。後來這一段錄音，顯出功力到家，有點蒼勁了。」⑯

《遊園驚夢》中的張充和（左）與張元和

一九八一年十二月十一日卞之琳給黃裳的信中說：「……《八方》第四輯上所刊充和的兩篇少作，是我得她本人許可而轉去的。一九三七年秋冬間我剛到成都，從大學圖書館的舊報副刊上，抄錄下她這樣的散文二三十篇，她是知道的。去年在她家裡談起，我回國後找找，只僅存這兩篇，紙破字殘，我清抄出兩份，她看後指出其中一處，『城隍廟』原係『城牆垛』的誤排，在香港發表，未及更正，而且還新增了兩處小錯字。她當年在靳以編的《文叢》第一期上還有一篇〈黑〉，忘記了署名什麼，你如能在上海什麼圖書館找到此刊，把這篇短文複製一份寄給我看看，就非常感激了。」這信不但粉碎了金安平在《合肥四姊妹》中「他還蒐集充和寫的詩歌、小說，拿到香港去發表，事先並未知會充和。」的說法，還讓我們感覺到詩人的深情款款，數十年如一日。這也難怪黃裳先生在《珠還記幸》（修訂本）中，在提到這封信之後，寫下的一段話說：「歷久不衰的鍾情，珍惜對方的文字留痕，千方百計地搜尋並張羅印出；對方的一顰一笑，都永不會忘記，值得咀嚼千百遍的溫馨記憶永遠留在心底。這一切，都在淡淡的言語中隱隱約約地透露出來了。」

晚年的卞之琳

一九八六年十二月六日，張充和應邀到北京參加湯顯祖紀念活動，並且還客串演出崑曲《遊園驚夢》。卞之琳曾欣然前往劇場觀賞。舞台上的張充和還是那麼風韻不減當年，觀眾席上的卞之琳還是那麼癡癡地凝望。此情此景，不禁使我們想起卞之琳〈斷章〉的詩句，一段未完成的戀曲，卻是他記憶中永遠的甜蜜！

二〇〇一年，詩人周良沛在悼念卞之琳的文章中說：「他與張家小姐詩化的浪漫，在圈內早是公開的秘密。我這晚輩，看著說話做事，總是認眞得不能不感到嚴肅的他，是沒有勇氣開口談這些事的。有次，偶爾講到《十年詩草》張家小姐爲他題寫的書名，不想，他突然神采煥發了，不容別人插嘴，完全是詩意地描繪她家門第的書香、學養，以及跟她的美麗一般的開朗、灑脫於閨秀的典雅之書法、詩詞。這使我深深感動於他那詩意的陶醉。我明白了，年輕詩人首次於愛的眞誠投入，是永難忘懷，無法消退的。雖然只是夢中的完美，又畢竟是寂寞現實中的安慰。」[17]該是對這段感情的最眞實的註解！

而對於卞詩的評價，因篇幅所限，在此只引用學者趙毅衡的一段話做爲結論，他說：「我個人認爲，卞之琳三十年代的詩作，是中國現代詩歌的最高成就，一是中國傳統的繼承，二是西方現代詩學的吸收。這兩者，再加上婉約詞與玄學詩的美妙融合，產生了中國特色的現代詩。卞之琳在中國現代文學史上是獨一無二、無可替代的。能做到讓中國文學與世界文學的最佳水平『取齊』的，在本世紀的上半期，只有兩個人：三十年代的卞之琳，四十年代的張愛玲。」[18]洵非虛言。

註

①《*Four Sisters of Hofei: a history*》，Scribner出版，二〇〇二年。中文版《合肥四姊妹》鄭至慧譯，時報文化出版，二〇〇五年。
②張曼儀《卞之琳著譯研究》，香港大學中文系出版，一九八八年。該書對卞之琳生平資料之蒐集，極翔實，並獲卞本人之認可。該書封面爲張充和題字，而張曼儀寫此書也兩度訪問張充和。
③陳丙瑩《卞之琳評傳》，重慶出版社，一九九八年。
④〈徐志摩致卞之琳信〉，見《徐志摩全集》第五卷，廣西民族出版社，一九九一年。
⑤同註③。
⑥卞之琳《雕蟲紀歷・自序》，人民文學出版社，一九七九年。
⑦北塔〈卞之琳先生的情詩與情事〉，《新文學史料》，二〇〇一年第三期。
⑧江弱水〈《斷章》取義：主旨、啓示、玄機（代序）〉，收入《『斷章』取義》，安徽教育出版社，一九九九年。
⑨師陀〈上海手札〉，收入《盧焚散文選》，江蘇人民出版社，一九八一年。
⑩卞之琳〈合璧記趣〉，載《詩與畫》，一九八五年第廿一期。
⑪同註⑥。
⑫同註⑦。
⑬卞之琳〈人尚性靈，詩通神韻：追憶周煦良〉，《新文學史料》，一九九〇年第二期。
⑭北塔〈情緣未了詩猶在〉，二〇〇一年一月《中國藝術報》。
⑮傅漢思〈初識沈從文〉（張充和譯），《新文學史料》，一九八八年第四期。
⑯卞之琳〈題王奉梅演唱「題曲」〉，一九八五年十一月廿九、三十日，《北京晚報》第三版。
⑰周良沛〈永遠的寂寞——痛悼詩人卞之琳〉，《新文學史料》，二〇〇一年第三期。
⑱趙毅衡〈組織成的距離——卞之琳與歐洲文士的交往〉，《現代中文文學學報》，二〇〇一年一月。

當愛已成往事

江青的前夫唐納虎口餘生記

一九六六年十月九日晚上，著名電影導演鄭君里、編導陳鯉庭、著名電影演員趙丹、顧而已和著名京劇演員童芷苓的家，同時被自稱是「紅旗聯合中學」的紅衛兵抄。在「文化大革命」中，被抄家已不算新聞，但一夜之間五位著名的文藝工作者同時被抄家，卻非比尋常。多年來作爲受害者的他們不敢查詢，也無從知道底細。直到粉碎「四人幫」後，「謎底」揭曉，是江青勾結葉群、吳法憲、江騰蛟派人幹的。江青大費周章爲的是什麼？只是爲了一張當年六個人在杭州「六和塔」拍的結婚照，還有當年的「情書」。如今貴爲「第一女皇」的江青，要毀掉她當年「藍蘋」時代的「風流情史」。她甚至不承認這段婚姻，因此她要把照片毀屍滅跡，然後她可以大言不慚地說：「那時候他們都有結婚證書而我沒有；因爲我根本不曾打算要和唐納結什麼婚！」

著名影評人唐納

今日說起唐納，可能很多人都不知道他是誰了，但昔日在上海灘，唐納是赫赫有名的，尤其在電影圈。從一九三三年起，上海灘正是電影、話劇風行的時代。影劇評人影響著絕對大多數的觀眾。《晨報》上每天闢有專欄談影劇，《申報》、《新聞報》、《時報》及《時事新報》也均有影劇專欄，其中以《晨報》的「唐納」及《申報》的「凌鶴」（姓石），最爲讀者矚目。唐納又比凌鶴受人歡迎。其原因在於，一者，他筆鋒銳利、刻畫入微；二者，他青年才俊、風度翩翩，不知有多少影星與話劇演員終日包圍他，都希望在他的筆下得到揄揚，便可在影劇界立足而受到重視。

其實，唐納並不姓唐。他原名馬驥良，後來改名馬季良。筆名唐納、羅平。後來客居巴黎，名喚馬紹章。蘇州人氏，生於一九一四年。唐納之「唐」，據云是由於他的奶媽姓唐。父親馬佩甫是鐵路職員，給唐納取了乳名「仁官」。唐納四歲時，父親去世。不久，他過繼給大伯父馬含蒜。唐納在蘇州私立樹德中學上學時，用的學名是馬繼宗。他在江蘇省立蘇州中學上高中時，已開始喜愛文藝，思想也轉爲左傾。他是學校戲團的主要演員，演過左翼話劇《工廠夜景》、《活路》、《SOS》等。一九三二年夏，唐納考入上海聖約翰大學。他依然愛好戲劇，成爲學生劇團中的活躍人物。因爲他英語流暢，中文文筆也不錯，上海《晨報》的「每日電影」主筆姚蘇鳳便約他寫影評。從大學二年級起，他就爲《晨報》寫些稿子，從此與電影界結下友誼，影評署筆名「羅平」或「唐納」。由於影評不斷地出現在上海《晨報》的「每日電影」專欄裡，這個十八歲的小夥子開始引起人們的注意。此外，他也給《申報》的《電影專刊》、《新聞報》的「藝海」、《中華日報》的「銀座」、《大晚報》的「剪影」撰文。

一九三四年秋，唐納進入上海藝華電影公司，任編劇。唐納長得一表人材，儀態出眾，居然被電通影業公司的導演袁牧之所看中，要他當演員！那時候，袁牧之正在自編自導中國第一部音樂喜劇片《都市風光》，找不到合意的男主角。在袁牧之心目中，男主人公李夢華是一個貧窮潦倒而又富於癡情的知識分子；他一見到眉目清秀的唐納，彷彿是天造地設的李夢華。雖說唐納從未上過銀幕，而這一回又要領銜主演，他居然一口應承下來。於是，一九三五年，唐納從「藝華」轉入「電通」，當起演員，同時主編《電影畫報》。

唐納，一九五四年攝於巴黎

任嘉堯先生在〈故舊憶唐納〉文中說：「那時，藍蘋（原名李雲鶴）從山東濟南來滬，在影劇界活動有年，她加入劇聯的無名劇社，以主演話劇《娜拉》（易卜生名劇）獲得好評。她也加入電通爲演員。藍蘋與唐納同年，愛出風頭，誇誇其談，可是學識淺薄，一見風度翩翩、談吐文雅的唐納，彼此一見傾心，投入熱戀的波濤中。」

說到李雲鶴，一九一四年出生於山東省諸城縣東關街。一九二一年夏，考入山東省諸城女子學堂。一九二六年，因頂撞修身老師，被學校開除。同年，父親李德文病故，母親帶她到天津同父異母姊姊家暫住。曾在天津英美煙草公司煙廠當童工三個月。開始愛上京戲，萌生了當演員的念頭。一九二九年夏，考入趙太侔與王泊生創辦的山東省立實驗劇院，學習戲劇表演。一九三一年春，因經費困難，韓復渠下令解散實驗劇院。李雲鶴隨王泊生到北平參加晦鳴劇社，演出京劇摺子戲，因失敗返回濟南。一九三一年五月，在濟南與裴明倫結婚，但僅兩個月就離異。名報人徐鑄成在《舊聞雜憶》中說：「大概是因爲嫌棄新結婚的小丈夫『土頭土腦』吧，也許那時已自認爲是『江上有青峰』，怕長期隱沒在白雲之中？總之，這個小女人是逃出了家庭，偷偷到了青島，投奔趙老師（案：趙太侔）求助。自然，她的學力是不夠上大學的，無可奈何，趙太侔給她在該校圖書館安排一個圖書收發員的位置。沒有多久，她竟和正在山大讀書的趙教授的內姪俞啓威（案：後改名黃敬），由卿卿我我而正式宣布同居。」

一九三三年二月，由俞啓威介紹，李雲鶴正式加入中國共產黨。同年四月，俞啓威在青島被捕。下旬，李雲鶴經趙太侔的繼任夫人、俞啓威的胞姐俞珊介紹，前往上海。五月，由田漢之弟田洪介紹，到上海大夏大學做旁聽生，積極參加進步學生組織的活動，引起左翼教聯注意。七月，由田漢及其弟田源介紹，到陶行知所辦晨更工學團工作，化名李鶴，在滬西郊區小學任代課老師。十月，由陳企霞、王東放介紹，在左

女演員俞珊

翼教聯參加共青團，成爲左翼教聯正式盟員。參加左翼劇聯的業餘話劇團體，演出《鎖著的箱子》。經同學魏鶴齡介紹，認識了趙丹、顧而已、鄭君里等影劇界人士。一九三四年九月，與共青團交通員阿樂在兆豐公園接頭後，在曹家渡被捕入獄。十二月，經教聯求保獲釋。一九三五年一月，到北平與俞啓威同居。三月，回到上海，進入電通影業公司，並參加左翼劇聯的業餘劇人劇社的演出，改名藍蘋。六月，在上海演出話劇《娜拉》，受到好評，結識崔萬秋，並與之來往頻繁。同年，在「電通」參加影片《自由神》及《都市風光》的拍攝，除任配角外，兼任美工助理、場記。九月，與「電通」同事、影評人唐納相愛同居。藍蘋想在影劇界嶄露頭角，她看中了唐納手中那枝筆——影評家的筆，足以捧紅一個演員！

一九三五年話劇《娜拉》中的藍蘋

一九三六年四月，在杭州六和塔下，由沈鈞儒證婚，藍蘋與唐納、趙丹與葉露茜、顧而已與杜小鵑三對戀人同時舉行集體結婚儀式。參加者還有鄭君里、李清以及攝影師馬永華。三對戀人何以遠道從上海至此舉行婚禮？這還是唐納的主意：六和塔又名六合塔。唐納取其「六和」、「六合」之意，建議六人來此舉行集體婚禮，當即一致通過。文人雅士如此奇特的「旅行結婚」，頓時傳爲新聞，各報紛紛刊登消息及塔前婚禮照片。

然而蜜月期未滿，藍蘋和唐納即發生婚變。藍蘋藉口返鄉探母，遲遲不歸上海。據陶行知的弟子中知情者的說法，是藍蘋對唐納頗有不滿，認爲唐納有小市民習氣，故而懷念舊情，又去尋找俞啓威。傳記作家葉永烈更指出，當然，即便在「唐藍事件」的報導滿天飛的時候，誰也未曾提及「小俞」來滬之事——他化名「黃文山」出現在上海，誰也不知道他就是藍蘋的前夫，就連沈鈞儒也不知道！事隔半個多世紀，葉永烈在查閱有關全國學聯和救國會的史著時，反覆核對俞啓威在滬的時間、地點並訪問了有關當事人，這才終於弄清藍蘋出走上海的眞正內幕。俞啓威在上海悄然和藍蘋見面，勸她離開上海回北平。她畢竟跟俞啓威有著很深的感情，決定以回

六和塔婚照。左起趙丹、杜小鵑、顧而已、沈鈞儒、藍蘋、葉露茜、唐納。

濟南探望母親爲藉口，離開上海，離開唐納。唐納呢，全然被蒙在鼓裡！後來藍蘋的姊姊對唐納說，藍蘋去天津了。其實，她在北平和俞啓威雙宿雙飛呢！

唐納追到山東濟南，從藍蘋的姊姊的口中知道她去天津找俞啓威了，於是在憤恨失望之極，在給藍蘋及鄭君里留下遺書後，即在濟南一家旅社服毒自盡。幸而被及時發現獲救，而那封寫給「阿蘋」哀豔淒絕的遺書，也被上海的各大小報刊載。遺書寫道：「……我想丟了家，丟了名譽地位和所愛好的電影事業，追隨你去……但是已經遲了，你姊姊告訴我已經走了十多天了。我本想努力找到你，但是蒼海茫茫，我上哪兒去找？淪落異鄉客邸，雨，老是在鉛皮上滴著，現在只是我孤零零的一個人，一個人。現在誰是眞正愛我的人？誰能再眞正愛我像你一樣？我死，對社會沒有什麼利益，可也沒什麼害處，我再能作些什麼有益的事情呢？我死了，我相信只有使你更發奮，更奮力，因爲可以常常使你遐想，常常使你追懷的人，現在，現在已經死了！沒有什麼別的遺憾，只是沒有見到你最後的一面和那兩個圓圓的笑窩！」

做爲雙方的熟人或朋友的陶行知，自不能不對此表示關注，於是他當即寫了一首〈送給唐納先生〉的詩，詩云：

聽說您尋死，我爲您擔心！

您要知道，
藍蘋是藍蘋，
不是屬於您。
您既陶醉在電影，
又如何把她佔領？
爲什麼來到世界上，
也要問一個分明。
人生爲一大事來，
愛情是否山絕頂？
如果您愛她，她還愛您，
誰也高興聽喜訊。
如果您愛她，她不再愛您，
那是已經飛去的夜鶯。
夜鶯不比燕子，
她不會再找您的門庭。
如果拖泥帶水，

不如死了您的心。
如果她不愛您，而您還愛她，
那麼您得體貼她的心靈。
把一顆愛她的心，
移到她所愛的幸運。
現在時代不同了！
我想說給您聽，
爲個人而活，
活得不高興；
爲個人而死，
死得不乾淨。
只有那民族解放的大革命，
才值得我們去拚命。
若是爲意氣拚命，
爲名利拚命，
爲戀愛拚命，

一九三六年七月，藍蘋與唐納雙雙回滬，藍蘋「導演」的這部「悲喜劇」，成爲上海一大社會新聞。一場風波終於過去，唐納和藍蘋總算有了暫時的安靜。唐納埋頭於寫作。他從評論轉向創作，才花了一個多星期，他就寫成了劇本《東北女宿舍之一夜》。緊接著，他又致力於寫作劇本《陳圓圓》。一向不甘寂寞的藍蘋，比唐納更加忙碌。她腳踏電影戲劇兩條船，一心一意朝著「大明星」進軍。她明白，儘管經過「六和塔婚禮」和「唐納濟南自殺」兩齣鬧劇，大大提高了她的「知名度」，然而在影劇界，她畢竟不過是三、四流的演員，明星的地位不是爭風吃醋、打打鬧鬧所能確立的，卻在於演出的實績。說實在的，論話劇，她只在《娜拉》中挑過大樑。此外，不過在果戈里的《欽差大臣》中演過小木匠的妻子罷了。就電影而論，她不過在《自由神》和《都市風光》中演過不起眼的角色，還從未演過主角。她終於擠進聯華影片公司的《狼山喋血記》攝製組。參加演出費穆導演的影片《狼山喋血記》，扮演片中劉三之妻。另外在《聯華交響曲》組片之一《兩毛錢》中飾一女傭。看來，藍蘋雖然算打進電影圈了，可是憑她的演技，離「大明星」的寶座還遠著呢。於是她又想在話劇舞台上殺出一條路，她畢竟本是話劇演員，一九三六年八月，她與王瑩在「上海業餘劇人協會」中爭演《賽金花》。金山、王瑩後來從業餘

一九三五年唐納（右）、藍蘋（中）、金山合影

劇人協會中拉出一支人馬，宣佈「獨立」，成立了「四十年代劇社」。這個新劇社已暗中與金城大戲院簽訂合同，於一九三六年十一月十九日在上海金城大戲院首演《賽金花》！《賽金花》上演後，連續二十場，場場爆滿，觀眾達三萬人次以上，轟動了上海。藍蘋在爭演《賽金花》女主角的糾紛中敗北。

一九三六年九月，藍蘋與章泯開始相愛，她深知，一旦有了章泯這把梯子，她就可以爬上舞台明星寶座——因爲章泯是上海舉足輕重的話劇導演。他還是一位多產的劇作家，創作過許多劇本。另外，他也是一位藝術理論翻譯家，曾與鄭君里合譯過《演員自我修養》等書。章泯原名謝興，又名謝韻心，四川峨眉人。他於一九二九年畢業於北平大學藝術學院戲劇系。一九三一年，他在上海參加左翼戲劇家聯盟。一九三二年，他加入中國共產黨。一九三五年，商務印書館出版了他的理論著作《論悲劇》、《論喜劇》，在戲劇界頗有影響。她終於打章泯的主意了。她再也不顧什麼章泯比她大七歲啦，章泯是有婦之夫啦……她白天在拍蔡楚生導演的影片《王老五》，夜裡跟章泯鬼混。當時章泯正在籌備排演俄國十九世紀著名戲劇家奧斯特洛夫斯基的代表作《大雷雨》，藍蘋博得了章泯的歡心便出任女主角——扮演卡特琳娜。

世上沒有不透風的牆，一九三七年五月中旬，唐納寫了一個劇本，託錢千里交給藍蘋。然而，錢千里在無意之中，卻在藍蘋家裡見到章泯！當時的《影與戲》，作了如下報導：「錢千里從來沒有去過。那天去得太早，大約藍蘋還沒有起來。錢千里敲門敲了很久，以爲她昨夜拍戲拍得太晚，現在還沒有回來。本來打算走了。哪曉得藍蘋又輕輕地開了門，伸出一個頭來。錢千里就把一個劇本交了給她。因爲從來沒有去過，就順手推了門進來。哪曉得章泯正睡在床上，錢千里弄得有點難爲情，兩人互相點了點頭，錢千里就輕輕地走了……」。五月二十二日，唐納知道這件醜聞後悲憤欲絕。於是，五月二十七日，怒氣塡膺的唐納在吳淞跳入波濤之中，所幸又即時被救起，這是唐納第二次爲藍蘋而自殺。藍蘋一不做，二不休，乾脆跟章泯公開同居。章泯夫人蕭琨實在無法容忍，終於與章泯離婚。一九三七年七月，抗戰爆發。中旬，藍蘋離開上海，奔赴延安，並改名江青。

一九三六年冬，天津《大公報》開闢上海版，唐納被延攬爲影劇記者，並編影劇版。他再

藍蘋，一九三七年《聯華畫報》封面人物

振筆論衡影劇，比以前在《晨報》更顯權威。截至「七七事變」爆發，唐納致力於跑新聞、編報，生活甚爲平靜。上海《大公報》於「八・一三」後決定移往漢口。因此派記者分路跟隨抗日軍隊往武漢集中，唐納被派跟隨黃琪翔部隊，一路後撤，直到一九三七年底才到武漢。這個時候，由唐納領導的「大公劇團」於焉成立。唐納在影劇界素有人緣，因此經他一號召，參加的名演員、導演和戲劇工作人員甚多，如女演員白楊、舒繡文、張瑞芳等；男演員趙丹、金山、顧而已等，又導演如鄭君里、應雲衛等，都網羅在內。據也是《大公報》記者陳紀瀅說，當時演的劇目是《祖國萬歲》（四幕二景），演出地點是鹽業銀行附近的「大光明戲院」，一連演了五天，觀眾座無虛席，收到抗日宣傳的最大效果。《大公報》的老闆張季鸞都親自前往觀賞，爲報紙之外的輔助宣傳，頗爲高興。

而就在此時，趙丹見唐納孤身一人，遂有意把初出茅廬的女演員陳璐介紹給唐納。陳璐，湖北人，十六歲時因長得嬌媚秀麗，被武漢一個陳姓地主看中並霸佔，爲他生了個小孩叫陳均鴻，小名「榮兒」。但是，她不滿強迫來的婚姻，與那個年代許多新女性一樣，最終，她還是擺脫了豪門。後來成爲話劇演員，曾經演過《雷雨》中的四鳳和《原野》中的花金子。結果兩人一見傾心，墜入愛河，以閃電般的速度結婚。唐納親熱地喊她「璐璐」，她則叫唐納「羅平」。一九四〇年五月一日，他們的兒子出生了。唐納爲兒子取乳名「紅兒」，是從他爲陳璐所取的藝名「紅葉」（據說是爲與「藍蘋」相對）演繹而來；取正名「馬均實」（唐納本名馬驥良），因正值國際勞動節，意爲「均分勞動果實」。

一九四〇年間，唐納一家返回上海，因爲孔令侃委任唐納爲《時事新報》的主編。他在應付報社編務的同時，也靜下心來修改他的話劇劇本《陳圓圓》，後來終於在一九四一年一月號的《戲》月刊發表了。同時他爲了讓陳璐再圓明星夢，他把愛妻推薦給正爲金星公司籌拍新片《亂世風光》的導演吳仁之。出乎唐納意料之外的是陳璐雖初登銀幕，但她在影片中飾演的舞女柳如眉，在上海灘公映時，卻引起轟動。陳璐靠著唐納的點撥以及自身聰慧，加上不同凡響的演技和美貌，很快在當時的上海戲劇界一炮打紅。因爲她的皮膚較黑，因此，當年也有「黑女美星」之稱。

當唐納正在上海尋求發展之際，新的危機卻意想不到地向他迎面襲來，首先《陳圓圓》尚未公演即遭日僞上海當局的查禁，另一部五幕話劇《生路》也胎死腹中；接著又從重慶方面傳來孔令侃下令停刊《時事新報》的指令，可說是屋漏偏逢連夜雨。就在此時，又有人把唐納曾去過昆明，爲國民黨政府監管戰時物資的經歷，捅給汪僞在上海的情報機關。於是汪僞特務要搜捕唐納，一位朋友獲知情報連夜通知唐納，於是他在凌晨時分從十六鋪碼頭登上一艘英國貨輪，逃往香港。唐納做夢也沒想到，這一次的分別，竟會是他們夫妻的最後分手。留在上海的陳璐，帶著孩子，生活陷入困境，又無法得知唐納的消息，於是她接受了鹽商汪先生的感情，一年後，唐納再返回上海時，陳璐已嫁做「商人婦」了。

一九四一年冬天，唐納從上海輾轉到了重慶。一九四三年，唐納在重慶又一次自殺未遂，當然這次自殺非關感情問題，而是由於「中藝劇社」的倒閉與生計無著而不得不走的一條絕路。呑煙土自殺的唐納被送到江岸的一家德國醫院急救，有一天他突然在醫院收到一張十塊錢的匯款單，那時候的十塊錢，足以讓一個在重慶生活的人兩個月衣食不愁。這張匯款單只署名「張淑貞」，而那就是藍蘋（也就是現在的江青）昔日的「筆名」。不久唐納出院了，每月仍有匯款從西安寄來，經由德國醫院轉到他的手裡。到了該年年底，唐納再也不想靠江青的接濟，於是他通過郵局說「此人已搬遷，查無確址」退回該次的匯款，從此匯款就中斷了。

而在這之後，由於好友劉景波之薦，唐納一夜之間搖身一變，成了重慶英國駐華大使館的譯員，並改名「馬耀華」。他經常陪著新從倫敦來重慶赴任的英國駐華大使寇爾，出入重慶的各種重要官方場合。一九四四年春天到來了，唐納已不再爲衣食所迫，豐厚的薪水使他在嘉陵江對岸的富人住宅區買了一所新居。這時他愛上了女演員康健，康健原名章向璞，是上海明星電影公司的女演員。他們兩人在重慶同居。但後來因個性不合，在抗戰勝利後便分手了。

一九四五年年八月二十八日，毛澤東應蔣介石的三次發電邀請，赴重慶談判。沒過幾天，江青也從延安秘密到重慶裝假牙（即是在上海拍攝電影《狼山喋血記》時摔斷的）。毛澤東對江青此行，最初並不贊成。在江青的一再要求下，他雖然勉強同意了，但說好了一個條件，即不允許江青在重慶公開露面。江青到重慶後並未毛澤東和在一起，而是和女兒李訥共同住在張治中的桂園內。江青不明白毛澤東爲什麼不許她公開露面。但她畢竟是一個有著強烈好勝心和炫耀欲的女人，在難以公開露面的情況下，她竟然悄悄地背著毛澤東，打電話秘密約見唐納。但江青卻未能如願。也許她還不知道，此時唐納不僅已從生活的困境中解脫出來，而且在感情上也已另有所愛。據唐納事後對人說，江青秘密約見他時，他對江青的舊情「已經一了百了」；而且江青地位已經今非昔比，見她會惹是生非，因此他婉拒了。

在抗戰勝利後不久，唐納又回到上海。徐鑄成將他延聘到《文匯報》擔任總編輯。一九四七年五

江青與毛澤東在延安

月，《文匯報》因支援愛國學生運動及報導中國人民解放戰爭的實況，被國民黨淞滬警備司令部查封停刊。女記者麥少楣被中統特務非法逮捕坐了黑牢。唐納、孟秋江等人的名字也上了黑名單，唐納不得不去香港避難。據徐鑄成〈憶唐納〉一文說：「唐納逃亡香港，轉年二月底，他忽秘密到滬，力促我到港出版《文匯報》。……可以說，他那時是我第一個得力助手，是香港《文匯報》最出力的奠基人之一。」香港《文匯報》在一九四八年九月九日誕生。當年的編輯部，編輯、記者、校對不過二十來人，除了在香港有家的之外，大都住在雲咸街三十六號二樓的兩間租借的集體宿舍裡，臨街的一間小房，徐鑄成和唐納對榻而居。徐鑄成說：「唐納每隔兩三天，就埋頭寫情書。那時他正和旅居巴黎的安娜女士熱戀。安娜．陳是北洋時代有名的外交家陳箓的小女兒，遠在上海《文匯報》被封前，他們就相互愛慕，結為同心了。那時，很多同事都見過他看完最後一張大樣後，總留在編輯部裡伏案寫情書，字是那麼工整纖細，一行行疏密均勻，大家說他像臨寫『靈飛經』小楷一樣。」

據好友任嘉堯的回憶，在一次記者招待會上，唐納與安娜（陳潤瓊）邂逅，安娜是一位外交家的女兒，精通英、法文，擔任英文《自由西報》記者，兩人一見傾心，情投意合，因而論交。唐納倣西方風俗，每天向蘭心蕙質的佳人送上一束鮮花，經常去西郊虹橋俱樂部度美好的週末。後來唐納到香港時，安娜在紐約，兩地書信不斷。一九四八年十二月，唐納提出要離開香港到美國去，擔任《文匯報》駐聯合國的特派記者。我們好不訝異，回上海不是更好嗎？可是，唐納心頭有難以言宣的疙瘩：「解放戰爭勝利，實現了我的願望。你們都可以回去，只就我不能。」他私下告訴一位年輕編輯：「爲了那位已離異而去的女郎，我如回去，難保有命。」他給好友鄭君里的信則說得更明白：「《文匯報》的同人都是『青春結伴好還鄉』，唯有我是不可以回上海了。……我現在很認命，沒有一個人比我更愛過阿蘋，我曾經爲她的出走幾乎自殺；也沒有一個人比我更瞭解她，她心狠，她什麼都下得了手。……」而不幸的這全被他言中了。「文革」時，江青爲掩飾她在藍蘋時代的一些醜事，把所有知情者一個都不放過，鄭君里、趙丹、王瑩紛紛遭到無情的迫害，只有唐納因遠在海外才免遭毒手。

陳潤瓊後來調往聯合國教科文組織工作，唐納也飛往紐約，他先在《紐約日報》供職，後又到聯合國的一家中文印刷廠工作，爲的是能夠與陳小姐在一起。陳潤瓊與唐納接觸多了，發覺唐納爲人純眞，頗有才華，又溫柔體貼。雖

唐納與陳潤瓊

然她曾風聞「唐藍事件」，後來瞭解眞相，知道唐納是受人欺凌，反而覺得這位癡情公子頗爲可愛。於是他們於一九五一年相繼來到法國巴黎，並結爲伉儷。

任嘉堯回憶說：「從此一別，好幾十年，也沒有通過信。只是二十世紀五十年代前期，風聞他的知交夏其言老兄說：『唐納和安娜在巴黎結婚了。』當時，海外關係是一大罪狀，我不能去電去函祝賀，只是心頭自白：有情人終成眷屬。直到一九八八年春，我有機緣出訪法國，作巴黎之行。下機伊始，行裝未卸，就在聖保羅旅社撥打唐納的電話，他大爲驚訝，別來幾乎四十年，居然又能聽到我的聲音了。他鄉遇故知，喜不自勝，我想到他開設的天橋大飯店相晤。天橋是唐納和安娜開設的一家中餐館。按照法國的規定，年逾六十歲的店主，不能再經營了，唐納退下來，店務由安娜打理。他說：你初到巴黎，還是讓我週六來你處相聚的好。這樣，他週六傍晚親自駕駛轎車來我處。因爲週末，人流車流忙得緊，花了三十分鐘時間，好不容易找到停車位。我們在一家廣東中餐館就餐。他看上去身子硬朗、挺拔，沒有古稀人的老相，只是兩鬢斑白一些，說話還是吳儂軟語的上海話，我把一枚老新聞工作者的紀念章送給他，他說『我畢竟是中國的老報人』，順手把紀念章懸掛在胸前。他向嚴寶禮夫人問候，問起我的生活和工作情況。一言難盡啊。談吐中，我說到江青，唐納說『君子絕交不出惡聲』，『文革』期間，江青禍國殃民的作爲，唐納是清楚的，他不置一詞。只是對摯友鄭君里被江青迫害致

一九七七年《時代周刊》封面

死，深表憤慨。說：藍蘋要我的那封信還在我處，怎能從君里處找呢？又是一個週末，我們第二次見面，互道珍重。我希望他能夠再回神州大陸一行，和親友們歡敘一堂。他說，如果健康允許，我打算明年成行。他囑咐我，替他從報刊、書籍中尋找關於他生平的資料，他準備晚年寫自傳，以正海內外視聽。返回上海後，我們數度通信，他惦記國內大事，囑我向國際書店訂閱《新華月報》航空郵寄一年。又要我寄些碧螺春等新上市的家鄉特產給他，以慰思鄉之情。眞想不到，就是這一年的秋天，他一病不起，竟成永訣。終年七十四歲。」

而據名報人陳紀瀅在一九八四年九月底在巴黎遇見唐納，問及文化大革命期間，外間傳聞江青派一批殺手到法國，想將其殺之滅口。唐納說道：「沒有這回事！不過那幾年，國外的朋友們勸我謹慎行蹤，於是我儘可能少出門，尤其避免到大規模的公眾場合。」又說：「您知道，像我這樣的人，不但不念舊惡，而且一旦絕交，也是不出惡聲的！何況事已多年，我對她還能說什麼呢？我想，這不過是一項推想的謠傳而已！」

唐納晚年最大的心願是寫一本自傳，他的老友夏其言說：「我最初聽到唐納想寫自傳是一九八五年，那是他羈留海外四十年的第二次回國，在上海、在北京都同我談起寫自傳的打算。他說，那麼多的流言蜚語和造謠文字，要一樁樁、一件件都寫文章闢謠，那非但寫不勝寫，而且也毫無意義；寫一本自傳或者回憶錄就可以了。他說正在動手搜集資料，必要時請我幫忙。唐納最重視的是他在三十年代後期四十年代初寫的三個劇本：《中國萬歲》、《陳圓圓》、《生路》。這三個劇本都是以鼓吹抗戰爲主題的。信中告訴我，一九七九年老友葉露茜女士已幫他每本影印一份，當時未及翻閱，不久前發現《中國萬歲》缺印第八一和第一〇一兩頁。他託我再請葉露茜設法補印兩頁寄給他。信中還說：『當然，我更希望的是她能代我找到這三個原本，即使登報高價收買也在所不惜。』不久，友人任嘉堯兄訪法回來，告我唐納也託他辦這件事。過了三個月，劇作家杜宣、葉露茜夫婦找到了其中《中國萬歲》和《陳圓圓》兩個原本，《生路》原本則始終未見。直到一九八八年十月，任嘉堯兄才從友人處覓得了《生路》，可是已無法寄達唐納本人了。」只因他已於一九八八年八月二十五日於巴黎逝世了。

文學叢書 227

INK PUBLISHING

名士風流

作　　者	蔡登山
總 編 輯	初安民
責任編輯	陳思妤
美術編輯	黃昶憲
校　　對	陳思妤　蔡登山
發 行 人	張書銘
出　　版	INK 印刻文學生活雜誌出版有限公司 台北縣中和市中正路 800 號 13 樓之 3 電話： 02-22281626 傳真： 02-22281598 e-mail:ink.book@msa.hinet.net
網　　址	舒讀網 http://www.sudu.cc
法律顧問	漢廷法律事務所 劉大正律師
總 代 理	成陽出版股份有限公司 電話： 03-2717085（代表號） 傳真： 03-3556521
郵政劃撥	19000691 成陽出版股份有限公司
印　　刷	海王印刷事業股份有限公司
出版日期	2009 年 9 月　初版
ISBN	978-986-6377-01-3

定價　260 元

國家圖書館出版品預行編目資料

名士風流／蔡登山著；
--初版，--臺北縣中和市：INK 印刻文學，
2009.09　面；　公分（文學叢書；227）
ISBN 978-986-6377-01-3（平裝）
1. 傳記　2. 中國
782.17　　　　98010547